우주도서관으로의 여행

나다를 찾아서

우주도서관으로의 여행

나다를 찾아서

초판 1쇄 인쇄 2022년 2월 12일
초판 1쇄 발행 2022년 2월 22일

지은이 김율희
그린이 그레이플라넷
펴낸이 강정규
펴낸곳 시와 동화

등록번호 제2014-000004호
등록일자 2012년 6월 21일

주소 경기도 부천시 성주로 86-4, 104동 402호(송내동, 현대아파트)
전화 032-668-8521
이메일 kangjk41@hanmail.net

ISBN 978-89-98378-50-9 03810

어린이제품안전특별법에 의한 제품 표시
제조자명 시와동화 제조년월 2022년 2월 제조국 대한민국 사용연령 6세 이상 어린이
주소 및 연락처 경기도 부천시 성주로 86-4, 104동 402호(송내동, 현대아파트), 032)668-8521

우주도서관으로의 여행

나다를 찾아서

김율희 장편동화

시와 동화

차례

작가의 말

2019년 말부터 시작된 코로나19로 인해 팬데믹 상황이 계속되고 있습니다. 이 힘들고 어려운 상황을 지켜보면서 나는 이 작품『나다를 찾아서』의 배경이 되는, 전 세계가 갑자기 언어를 잃어버린 2050년의 어느 봄날을 생각합니다. 사람 간의 소통이 전혀 되지 않는, 암울하고도 고통스러운 세계를 말이죠.

여러분! 주위를 한 번 둘러 보세요. 우리는 예전보다 더 많이 언어가 넘쳐나는 세상에 살고 있습니다. 일상대화뿐만 아니라 전화, 카카오톡, 유튜브, 페이스북, 트위터, 인스타그램 등 미디어의 홍수 속에서 언제 어디서든 우리는 소통의 도구로 언어를 사용하고 있지요. 하지만 어느 때보다 더 많은 사람들이 언어로 인해 고통받고 있는 시대이기도 합니다.

『나다를 찾아서』는 언어에 대한 깊은 고민에서부터 시작된 작품입니다. 몇 년간에 걸쳐 나는 이 작품 속 주인공인 '소리'와 '소리'의 아빠인 시인과 함께 언어의 여신인 〈나다〉와 〈말씀의 거울〉을 찾아서 우주도서관으로 여행을 떠났습니다.

언어가 사랑과 진실의 언어이기보다는 거짓과 악의 언어가 되어가고 있는 요즘, 나는 침묵과 성찰을 통하여 우리의 진정한 언어를 되찾고 싶었습니다.

사람을 가장 사람답게 하는 우리들의 언어가 만약에 사라진다면 이 지구는 어떻게 될까요? 전 세계는 어떤 혼란에 빠지게 될까요?

어쩌면 절체절명의 순간이 올지도 모릅니다.

우리가 육체적 생명을 지키려고 노력하는 것처럼 우리들의 정신적 생명인 언어도 함께 그 순수성을 지키기 위해 노력해야 하지 않을까요?

잃어버린 언어를 찾기 위해 '소리'와 시인이 떠나는 여행은 험난한 길입니다. 하지만 희생을 통한 구원의 길이기도 합니다. 시인의 집에서 시작된 여행은 저 머나먼 우주도서관까지 연결됩니다.

 여러분들은 이 험난한 여정 중에 〈나다〉여신과 〈허허〉사신, 〈비오〉, 녹색 뱀인 '꿈꾸는 눈'과 반인반수 나라의 '하늘 닭'을 만날 수 있습니다. 그리고 절대 악의 존재인 〈마음을 잃은 자〉도 만날 것입니다. 우리의 언어가 사람을 고통스럽게 하는 언어가 아닌, 사람을 살리는 언어인 '말씀'이 되기까지의 그 여정에 여러분들이 함께한다면 어쩌면 더 빨리, 잃어버린 우리들의 언어를 되찾을 수 있지 않을까요?

 자! 준비가 되셨나요? '소리'와 시인이 떠나는 길에 제가 여러분의 손을 잡고 함께하겠습니다.
 이제 〈말씀의 거울〉을 찾으러 우주도서관으로 떠나 볼까요?

2022년 새해 아침

김 율 희

※ 주요인물 소개

'소리' - 시인의 딸, 시인과 함께 언어의 여신〈나다〉를 찾아 길을 떠남

시인 - '소리'의 아빠, 딸 '소리'와 함께 언어가 사라진 세상을 구하기 위해
　　　떠남

엄마 - '소리'의 엄마, 프랑스로 공부하러 떠난 후, 갑자기 실종됨

〈나다˙〉여신 - 언어의 여신

〈허허〉사신 - 우주도서관의 사신

〈비오〉 - 무지갯빛 우산을 든 소녀, 〈허허〉사신의 조력자

'하늘 닭' - 반인반수의 나라에서 만난 소년, 〈나다〉여신의 사랑의 표징

'꿈꾸는 눈' - '소리'와 시인을 도와주는 녹색 뱀

〈마음을 잃은 자〉 - 악마

녹색가슴새 - 황금색 돌판을 전달해주는 새

---

* 나다(Nada): 고대 인도에서 우주 전제를 채우는 영적인 소리를 뜻함.

제1장
꿈 - 우주도서관으로부터

온 세상이 짙푸른 안개로 자욱했다.

시인과 딸 '소리'는 끝도 없이 뭉글거리는 하늘을 바라보았다.

숨 막히는 안개가 두 사람을 한없는 공포로 밀어 넣고 있었다.

시인은 '소리'를 가슴에 꽉 끌어안았다.

얼마나 시간이 흘렀을까? 하늘에서 내려오는 한 노인의 모습이 보였다. 그런데 그를 보는 순간, 마치 시간이 정지하는 것 같았다. 그것은 참 이상한 느낌이었다. 이 세상이 아닌 다른 세상으로 순간이동을 한 느낌, 다른 세상의 공기를 마셔버린 느낌이었다.

노인은 뜻밖에도 동네 할아버지처럼 친숙한 모습을 하고 있었다. 둥근 얼굴에 몸집은 뚱뚱했고 길게 기른 백발에 역시 길게 기른 흰 수염을 휘날리고 있었다. 그러나 마음을 편안하게 해 주는 신비로운 향기와 오색 광채는 다른 동네 할아버지에게서는 느낄 수 없는 것이었다.

줄도 없이, 날개도 없이, 가뿐하게 땅 위에 내려선 노인은 곧바로 시인과 '소리'에게로 다가왔다.

"너무 두려워 말아라! 나는 우주도서관에서 온 〈허허〉라고 하느니라."

순간 '소리'는 놀라 아빠 얼굴을 바라보았다. 그리고 입술을 움직여 말했다.

"아빠! 들려요. 목소리가 들려요."

태어나서 한 번도 남의 목소리를 들어본 적도 없고 말도 해 본 적이 없는 '소리'였다. 그런데 노인의 목소리가 자신의 귀에 들리고 게다가 말까지 할 수 있다니…….

시인과 '소리'는 기쁨에 차서 떨리는 마음으로 노인을 바라보았다. 그가 가만히 미소를 지어 보였다.

"너희들도 알다시피 세상은 지금 말의 어둠 속에 갇혀 있
다. 인간들의 말에 대한 죄가 너무 무거워 언어의 여신인
〈나다〉께서 어둠의 동굴로 숨어 버린 탓이다."

"〈나다〉?"

'소리'가 조그만 목소리로 말했다.

"언어를 다스리는 여신이란다."

노인의 목소리가 따뜻했다.

"신은 인간들에게 사랑의 선물로 언어를 주셨어. 그러나
이제 언어는 상처를 입다 못해 병들고, 그 몸이 견디지 못해
산산조각으로 부서져 버렸다. 천 년 전부터 언어를 다스리는
일을 천신으로부터 물려받은 여신 〈나다〉께서는 그동안 너
희들을 깨우치게 하려고 수없이 노력하셨지. 그러나 그때마
다 너희들은 오히려 더욱 나빠지고 더욱 교만해졌어. 너희들
의 언어는 욕설로 가득 채워지고 시기심과 이기심에 가득 찬
말이 세상에 넘치게 되었단다. 사랑의 언어가 아닌 악마의
언어가 되어버린 것이야."

노인은 긴 말을 하기에 괴롭고 힘이 드는 듯 잠깐 말을 멈
추었다.

시인과 '소리'는 넋을 잃고 멍하니 노인을 바라보았다.

우주도서관에서 왔다니, 언어를 다스리는 여신 〈나다〉께서 어둠의 동굴로 숨어 버리셨다니, 이게 대체 무슨 말일까?

세상이 지금 크나큰 혼란 속에 있는 것은 사실이었다. 어쩌면 천지가 개벽할 놀라운 일이기도 했다. 사람들이 쓰는 말이, 언어가 서로 통하지 않게 되어 버린 것이다. 사람들은 자신의 의지와는 상관없이 튀어나오는 말들 때문에 절망하고 있었다.

어느 날, 갑자기 예고도 없이 전 세계의 모든 사람들이 자신이 쓰는 말을 이해하지 못하고, 다른 사람들이 쓰는 말도 알아들을 수 없었다. 세상은 그야말로 아수라장이 되었다.

학자들이 원인을 알아내려고 애썼지만, 결국 알아낼 수 없었고 정치 지도자들이 해결책을 내놓겠다고 부산을 떨었지만, 아무 소용이 없는 쓰레기 정책들에 불과했다. 그나마 수화를 쓸 수 있다는 게 다행인지도 몰랐다. 각 나라에서는 수화를 배우려고 야단이었다. 이제 수화는 언어 전달의 중요한

수단이 되었다. 세상은 갑자기 침묵의 바다로 변해 버린 것이다.

텔레비전도, 라디오도 제 기능을 발휘할 수 없었다. 말을 알아들을 수 없으니 방송국에서는 프로그램을 제작할 수도 없었다. 그나마 신문과 책과 SNS가 있다는 게 다행이라면 다행이었다. 사람들은 텔레비전을 껐고 핸드폰도 문자만이 가능했다. 라디오에서도, 사람의 말은 사라지고 그 대신 음악만이 계속해서 방송되었다.

이것은 2050년의 어느 봄부터 시작된 일이었다.

언어는 이제 과거의 것이 되어 버렸다. 사람의 음성으로 내는 말은 더 이상 존재하지 않게 된 것이다. 누군가 말을 하면 그것은 스스로 웃음거리가 되겠다는 것이었다. 왜냐하면 그의 입속에서 나오는 말은 동물의 소리와 비슷했으므로……. 그리고 그것은 너무나 슬픈 일이었다. 영원히 언어를 잃어버릴지도 모른다는 두려움이 사람들의 마음을 짓눌렀기 때문이다.

그랬다. 우주도서관의 사신 〈허허〉가 느닷없이 시인과

'소리'를 찾아 왔을 때, 세상은 어느 때보다도 큰 혼란 속에 있었다.

시인과 '소리'가 〈허허〉의 말을 알아듣고, 말까지 할 수 있다는 것은 어떻게 보면 거의 기적에 가까운, 도저히 일어날 수 없는 일이었다.

많은 생각들이 시인과 '소리'의 머릿속을 지나갔다. 그들은 〈허허〉에게 많은 것을 물어보고 싶었다. 그러나 신비한 광채와 위엄 때문에 두려웠다. 감히 어떤 것도 물어볼 수 없었다.

"기다려라. 내 모든 것을 너희들에게 일러 줄 테니……."

〈허허〉는 말을 계속했다. 그는 두 사람의 마음속을 훤하게 꿰뚫고 있는 듯 했다.

"내가 우주도서관에서 왔다고 조금 전에 말했다. 나는 그곳에서 이곳 지구로 급히 파견된 사신이라고 할 수 있어. 우주도서관에서는 지구뿐만 아니라 많은 별들의 정신세계를 다스리고 있지. 그곳에서는 수없이 많은 사람들이 일을 하고 있단다. 우주도서관에서 일하는 사람들은 지구 사람들도 있고 다른 별의 사람들도 있어. 그곳에는 자신의 삶에 충실했던 많은 사람들이 있다. 깨달음을 얻은 사람들이라고나 할까. 더 높은 정신세계로 나아간 사람들 말이다. 나도 원래는 지구인이었어. 오백 년쯤 전까지는. 그 이후로 나는 우주도서관에서 일해 왔다. 다시 사람으로 태어나기보다는 그곳에서 일하는 편이 나에겐 훨씬 행복하더구나. 일단 그곳에 들어가면 지식의 방대함에 놀라게 된단다. 우주도서관에는 엄청난 양의 책과 그밖의 자료들이 쌓여 있거든. 그것도 지구뿐만이 아니라 다른 많은 별들의 자료까지 다 있으니 알 만하지 않니?"

'소리'는 우주도서관에 책이 많다는 〈허허〉의 얘기를 듣고 부러움을 감출 수 없었다. 평소에 책을 좋아하던 '소리'로서는 눈이 번쩍 뜨이는 일이었다. 가슴이 설레기는 시인도 마찬가지였다. 두 사람 다 밥 먹고 하는 일이 책 읽기 아니면 글을 쓰는 일이었으니 당연한 일이었다.

시인의 서재에는 세계 각국에서 사온 책들과 온갖 종류의 책들이 빽빽하게 정리되어 있었다. 서재에 들어설 때마다 '소리'는 숨이 탁탁 막히곤 했었다.

'저 책들을 언제 다 읽지?'

그때마다 시인은 '소리'를 껴안으며 눈으로 말하곤 했었다.

'얘야, 걱정하지 마라. 저 모든 책들을 다 읽을 필요는 없단다. 네 마음을 끌어당기는 책들만 보기에도 시간이 부족할 테니 너무 조급하게 생각하지 마라.'

'소리'는 자기가 말을 못하는 데도 아빠가 자신의 생각을 알고 있다는 게 신기했었다. 그는 비록 입으로 말하지는 않았지만, 눈으로 많은 것들을 얘기하고 있었다.

서재에 있는 책을 다 읽지도 못하고 세상이 혼란에 빠져버린 지금, '소리'는 〈허허〉에게서 우주도서관에 대한 이야기를 전해 들으며 가슴이 떨려 오는 것을 느꼈다.

'아! 나도 그곳에 가고 싶다. 우주도서관에 가고 싶다.'

갑자기 이마에 벼락을 맞은 것 같은 기분이 들었다.

사신이 '소리'를 똑바로 쳐다보았다. 그의 깊고 신비한 눈이 '소리'를 한참동안 바라보았다. 시인은 무슨 일인가 하고 놀라서 두 사람을 번갈아 쳐다보았다.

"너도 오고 싶으냐?"

〈허허〉가 부드러운 목소리로 물었다. '소리'는 자신도 모르게 고개를 끄덕였다.

"그래요. 〈허허〉 사신님, 저도 가고 싶어요."

'소리'는 자신의 목소리를 듣고 있다는 게 말할 수 없이 놀라웠다.

"저도 가고 싶어요. 우주도서관에!"

'소리'는 다시 한 번 또박또박 말했다.

"그래. 오게 되겠지. 네가 원하면 오게 될 것이다."

〈허허〉는 알 듯 말 듯 낮은 목소리로 말했다.

"어쨌든……. 내가 잠깐 내 본분을 잊을 뻔했구나. 내가 여기에 온 이유를 말해야겠다. 이제 언어를 다스리는 여신 〈나다〉에 대해서 말해주마."

그때였다. 갑자기 참을 수 없을 만큼 역겨운, 시큼하고 고기 썩는 냄새가 코를 찔렀다. '소리'와 시인은 주위를 두리번거렸다. 어느새 시커먼 연기가 사방에 피어오르고 있었다. 두 사람은 놀란 얼굴로 앞을 바라보았다. 놀랍게도 커다란 귀를 펄럭이며 어떤 얼굴이 두 사람의 앞으로 다가오고 있었다.

두 사람은 숨이 멎을 것만 같았다. 세상에 태어나서 그렇게 기괴한 모습은 처음 보았기 때문이다. 그 괴물에게는 몸통도, 팔도 다리도 없었다. 다만 얼굴만 있을 뿐이었다. 그 얼굴도 예사 얼굴은 아니었다. 기다랗고 커다란 두 귀는 얼굴을 다 가리고 있었고, 그 귀에는 검은 털이 수북하게 나 있을 뿐만 아니라 곰팡이에다 이끼까지 끼어 있어서 쳐다보기가 괴로울 정도였다. 게다가 붉은 빛을 내뿜는 찢어진 두 눈은 마치 지옥의 불꽃처럼 타오르고 있었다. 그 불꽃은 두 사람을 태우고도 남을 만큼 강렬하게 이글거리고 있었다. 그런데 더욱 끔찍한 것은 그 괴물의 입이었다. 그냥 휑하니 뚫려 있는 커다란 입, 그것은 입이 아니라 어둠과 공포로 가득한 지옥의 입구처럼 보였다.

사신은 갑자기 나타난 괴물 때문에 몹시 당황해하고 있었다.

"아니, 네가 여기에 웬일이냐!"

그러자 그 괴물이 끔찍한 입을 열었다. 무시무시한 목소리였다. 차갑고 이상한 울림 때문에 두 사람은 머리가 깨질 듯이 아팠다.

"내가 왜 왔는지 네가 더 잘 알게 아닌가."

순간, 세 사람은 숨을 쉴 수가 없었다. 아까 맡았던 그 악취가 다시 세 사람을 휘어 감았다. 세상의 온갖 것이 다 부패하는 듯 심한 냄새 때문에 정신을 잃을 지경이었다.

시인과 '소리'는 이상한 현기증을 느꼈다. 그는 '소리'를 자신에게로 바짝 끌어당겼다.

그때였다. 〈허허〉 사신이 손을 높이 들어 활짝 편 채로 공중을 향해 크게 소리를 질렀다.

"〈비오〉!"

사신의 두 손바닥에는 놀랍게도 커다란 회색의 눈이 있었는데 그 눈 안에 다른 누군가의 얼굴이 언뜻 비치는 것 같았다.

"〈비오〉, 빨리 와야겠다."

〈허허〉의 말이 끝나기가 무섭게, 한 손에 일곱 색깔의 무지갯빛 우산을 든 해맑은 얼굴의 소녀가 커다란 나비 날개를 펄럭이며 나타났다.

소녀는 내려오자마자 재빨리 무지개 우산을 활짝 펼쳤다.

그러자 숨을 막히게 했던 그 악취는 사라지고 은은하고 정신을 맑게 하는 향기가 주변을 감싸고돌았다. 그 향기는 허브 향기에 장미 향기를 더한 싸하고 달콤한 향기였다.

"〈비오〉, 잘했다."

소녀는 웃으며 〈허허〉 사신을 바라보았다.

"제가 좀 더 빨리 내려올 걸 그랬나 봐요."

"글쎄 말이다. 나 혼자서 해 보려고 했더니 이번에도 네 도움을 받아야 하는구나."

괴물은 냄새가 사라지자 몹시 고통스러워하고 있었다.

"네가 아무리 방해를 해도 우주도서관의 정의는 막을 수 없을 것이다."

〈허허〉가 쩌렁쩌렁한 목소리로 말했다. 그러나 괴물은 대꾸도 하지 않고 큰 얼굴을 퉁퉁거리며, 또 시커먼 털귀를 펄럭거리며 시인과 '소리'에게로 다가왔다. '소리'는 무서워서 눈을 꼭 감은 채 시인의 품 안으로 파고들었다.

"이번에는 누구실까? 말라깽이 사내와 벙어리 소녀… 재미있군. 더구나 사내는 뺑뺑 눈알이 도는 도수 높은 안경까지 걸치셨군 그래. 힘든 여행을 하기엔 너무 나약한 인간들이야. 쯧쯧 이번에도 글렀어. 그대의 사람 고르는 솜씨는 여전히 형편없어. 안심해도 되겠어."

쉰 목소리가 가슴을 후벼 파는 것처럼 두 사람에게 고통을 안겨 주었다.

　기분 나쁘고 음침한 목소리 때문에 자꾸만 정신이 혼미해
지고 있었다.

　사신 〈허허〉의 목소리가 다시 울렸다.

　"글쎄……. 정말 그럴까? 겉모습만 보고 그 사람의 진정한
가치를 알 수 있을까? 더구나 너 같은 악한 마음을 가진 자에
게 진실이 보일 리도 없고 말이야."

　"그래, 그렇다면 어디 시험을 한번 해볼까?"

　시커먼 털귀를 가진 괴물이 시인과 '소리'에게로 다가섰다.

　"무슨 짓을 하려고!"

　〈허허〉 사신이 황급히 두 사람의 앞을 막고 서자 무지갯
빛 우산을 든 소녀도 함께 그 옆으로 다가섰다. 검은 털귀는
상상할 수 없는 회오리바람을 일으켰다.

　갑자기 찬바람이 휘몰아쳤다. 온 세상이 얼어붙을 것만 같
았다. 시인과 '소리'는 추워서 온몸을 덜덜 떨며 〈비오〉를
바라보았다. 〈비오〉의 무지갯빛 우산이 서리로 하얗게 덮
여 있었다.

　"〈비오〉……."

〈비오〉가 힘들다는 듯〈허허〉사신에게 고개를 흔들었다.

그때였다. '소리'가 검은 털귀에게로 달려들었다. 회오리 바람이 집어삼킬 것 같았지만 이를 악물었다. 너무 추워서 견딜 수가 없었기 때문에 어떻게 해서든지 이 돌풍을 멈추어 야겠다고 생각했다.

털귀에게로 가까이 다가가자 악취는 더더욱 심해지고 추위 는 살을 찢을 것만 같았다. 그러나 '소리'는 멈추지 않았다.

시인도 털귀에게로 달려들었다.

〈비오〉도 가만히 있지 않았다. 무지갯빛 우산을 더 높이 쳐들고 털귀를 향해 향기를 뿜어냈다.

검은 털귀도 질세라 〈비오〉를 향해 그 지옥 같은 입을 쫙 벌리려고 할 때, '소리'와 시인이 털귀의 털을 잡고 늘어졌 다. 검은 털이 한 움큼 빠지자 갑자기 털귀의 얼굴이 일그러 졌다. 두 사람이 그 모습을 보고 더욱 더 세게 털을 잡아당기 자 그는 어느 틈엔가 모습을 감추어 버렸다. 정말 순식간의 일이었다. '소리'는 손바닥에 남아 있는 검은 털을 바라보았 다. 그런데 놀랍게도 그 털들이 하나하나 살아나 꿈틀거리기 시작하더니 바로 징그러운 벌레로 변했다. 놀란 '소리'는 벌레들을 떼려고 손을 이리저리 흔들었다. 놀란 것은 시인도 마찬가지였다. 두 사람이 손바닥에서 꿈틀거리는 수많은 벌레들을 떼내려고 아우성을 치자 〈허허〉 사신이 곁으로 다가와 자신의 손바닥에 있는 회색 눈을 벌레들에게 향하게 했다. 그러자 푸른빛이 쏟아지며 검은 벌레들이 하나하나 죽어 가기 시작했다. 그리고 이어 푸른 안개 속에서 털귀의 기분 나쁜 소리가 들렸다.

"보기보다 제법인데. 하지만 곧 포기하게 될 거야. 그때까지 잘해 보게. 하하하……."

'소리'는 여전히 한기가 느껴져서 시인의 품속에 머리를 푹 박았다.

"나를 보아라. 이제 가버렸다."

〈허허〉 사신이 부드러운 목소리로 말했다.

시인이 주위를 둘러보며 다소 안심이 되는 듯 조심스럽게 물었다.

"방금 그 괴물은 누구죠?"

"너희 인간들 가운데 어떤 이는 가장 좋아하기도 하고 또 어떤 자는 가장 싫어하기도 하지.”

“그렇다면…….”

“그래, 바로 맞췄다. 너희들이 흔히 악마라고 부르는 자이다. 그러나 우리 우주도서관에서는 〈마음을 잃은 자〉라고 부르지. 그 자에게는 마음이 없어. 마음이 없으면 살아 있어도 살아 있다고 할 수 없지. 그러나 그는 어둠의 힘을 빌려 존재한단다. 그의 힘은 강해. 우리들이 지금까지 수없이 그의 힘을 약화시키려고 노력했지만 그를 따르는 불쌍한 인간들이 있는 이상 그의 힘을 완전히 꺾을 수는 없었다.”

‘소리’는 여전히 두려움에 떨며 사신의 얘기를 들었다.

〈비오〉가 검은 눈을 반짝이며 ‘소리’를 쳐다보고 있었다.

“할아버지, 이 소녀는…….”

“아! 〈비오〉를 소개해야겠구나. 서로 인사하렴. 〈비오〉는 나의 오랜 친구야. 어리게 보이지만 사실은 나이가 이백 살은 넘었을 거다. 〈비오〉는 사람들에게 꿈을 꾸게 해주지. 우리가 이러한 어려움에 빠지게 된 것도 따지고 보면 사람들이 더 이상 꿈을 꾸지 않게 되어 그런 것일지도 몰라. 꿈을 꾸지 않는 세상에는 아름다움이 깃들 수 없지 않니? 무지와

게으름과 탐욕만이 넘쳐날 뿐이지. 그래서 〈마음을 잃은 자〉가 저렇게 날뛰는 것이란다."

〈비오〉가 무지갯빛 우산을 접은 채 두 사람에게 활짝 웃어 보였다.

그때였다. 사신의 손바닥에서 녹색 불이 번쩍거렸다. 〈허허〉 사신은 손바닥의 회색 눈을 들여다보더니 다급하게 말했다.

"〈비오〉, 시간이 없구나. 빨리 올라가야겠다. 우주도서관에서 긴급 호출이 왔다."

〈허허〉는 시인과 '소리'를 바라보았다.

"아! 이제 정말 〈나다〉에 대해서 말해주마. 아까도 말했지만 언어를 다스리는 여신 〈나다〉께서 어둠의 동굴 속으로 숨어 버리셨다. 여신께서 마음을 돌리지 않고 계속해서 어둠의 동굴 속에 숨어 버리신다면 인간들은 영원히 언어를 찾지 못하게 될 것이야. 그렇게 되면 그대들은 영원히 언어의 어둠 속에 갇혀 사랑의 언어를 발견하지 못하게 되겠지. 그러나 방법이 없는 것은 아니야. 여신께서는 인간들이 말로 짓는 죄가 너무 무거워 아무런 희망도 남겨 놓지 않고 그냥 어둠의 동굴로 가려고 하셨어. 그러나 우주도서관에 있는 우리들이 빌고 또 빌었단다. 아주 작은 희망만이라도 남겨 달라고. 여신의 마음을 되돌리고 인간들의 죄를 씻을 수 있는 아주 작은 방법이라도 남겨달라고. 여신은 아주 오랫동안 침묵하시다가 결국 우리의 소원을 들어 주셨어."

〈비오〉가 〈허허〉 사신의 안색을 살피더니 입을 열었다.
"〈나다〉 여신의 마음을 돌릴 수 있는 길을 〈허허〉 사신님을 비롯해서 많은 사신들이 전 세계의 많은 사람들에게 알려 주었습니다. 그러나 그들 모두 실패했습니다. 그래서 이 지구에 있는 많은 나라들이 아직도 혼란 속에 있는 것입니다. 언어를 찾지 못하고 말입니다. 〈허허〉 사신님께서는 시인인 그대와 딸 '소리'에게 희망을 걸고 있습니다. 아니, 그대들을 믿고 있습니다."

또랑또랑한 목소리였다. 목소리에도 향기가 묻어나는 듯해서 둘은 넋을 잃고 〈비오〉를 바라보았다. 그녀는 가만히 미소 지으며 나비 날개를 팔랑거렸다. 그 날개는 황금색으로 빛나고 있었다.

그러다 문득 자신들에게 희망을 걸고 있다는 얘기를 들은 것이 생각나서 시인은 황급히 〈허허〉에게 물었다.

"무엇을? 무엇을 말입니까? 저희들이 무엇을 해야 한다는 말씀이신지……."

〈허허〉 사신은 갑자기 엄한 목소리로 말했다.

"이 세상을 혼란에서 구하는 길은 〈말씀의 거울〉을 찾는 일이야. 그대들은 곧 길을 떠나게 될 것이다. 여신께서는 〈말씀의 거울〉을 어딘가에 숨겨 두었다고 하셨어. 그대들은 〈말씀의 거울〉을 찾아서 어둠의 동굴 속에 계신 여신을 만나야 할 거야. 그 〈말씀의 거울〉을 찾으면 그대들은 목적한 일의 반 이상은 이루게 될 것이다. 그러나 그 길은 험난하기가 이를 데 없어. 나는 그대들에게 강요하지는 않아. 이미 많은 사람들이 실패했거든. 나는 앞으로도 더 많은 사람들에게 세상을 혼란에서 구하는 길을 알려 주어 여행을 떠나게 할 거야. 그들 중의 누군가가 〈말씀의 거울〉을 찾기를 간절히 기원하면서 말이야."

두 사람은 잠시 멍하니 있었다.

"저희들이 그 막중한 일을 어떻게……. "

시인이 두려움에 가득 찬 목소리로 말했다.

"믿음이 있으면 못할 것도 없지."

"하지만 소리가 그 험난한 여행을 견딜 수 있을까요?"

"나는 이미 말했다. 강요하는 것은 아니라고. 선택은 그대들에게 달려 있어. 나는 그대들이 미처 의식하지 못하는 속마음을 벌써 알아 버렸다. 그대들이 여행을 떠나기를 원한다면 그대들이 깨어났을 때, 내가 말한 모든 것을 기억할 것이다. 그러나 그대들이 원하지 않을 때는 아무것도 기억하지 못하게 될 것이다."

"그렇다면……."

시인이 말을 이으려는 순간, 〈허허〉와 〈비오〉가 갑자기 눈앞에서 사라져 버렸다. 주위를 두리번거렸지만 두 사람의 모습은 끝내 보이지 않았다.

잠시 후, 두 사람에게 감당할 수 없는 깊은 잠이 몰려왔다. 마치 해일과도 같이, 구름과도 같이…….

푸른 안개가 서서히 걷혀가고 있었다.

제2장
출발

얼마나 잠 속에 빠져 있었을까? 환한 아침 빛에 놀라 시인은 자리에서 벌떡 일어났다.

'소리'가 고운 얼굴로 옆에서 자고 있었다.

그는 주위를 둘러보았다.

'여기가 어디일까?'

갑자기 모든 것이 생소하게 느껴졌다. 자신이 지금 어디에 있는지 분간이 되질 않았다. 그는 자리에서 일어나 이리저리 돌아다닌 후에야 비로소 자신이 집에 있다는 것을 깨달았다. 분명히 자신의 집에 있는 것이었다. 그러다 순간적으로 모든 것을 기억해냈다.

'우주도서관의 사신 〈허허〉, 그리고 〈비오〉…….'

시인은 깜짝 놀라 애써 더 기억해보려고 노력했다.

'또 〈말씀의 거울〉… 그렇다면.'

시인은 '소리'를 흔들어 깨웠다.

"소리야 일어나 봐! 어서."

그러나 말은 입 밖으로 잘 나오지 않았다. 다시 말을 할 수 없게 된 것이다. 시인의 말은 다시 이상하게 알아들을 수 없는 짐승의 소리로 변해 버렸다. 조금 전까지 말을 했는데 다시 못하게 되다니 실망스러웠다.

잠시 후, '소리'가 눈을 비비며 자리에서 일어났다.

'소리'는 "아빠"라고 말을 하려고 했다. 그러나 시인과 마찬가지로 이상한 소리만 날 뿐이었다.

두 사람은 놀라서 멍하니 서로 바라보고만 있었다. 그러다가 시인이 겨우 정신을 차리고 '소리'에게 수화로 말하기 시작했다.

"소리야, 꿈꾼 내용을 기억하고 있니?"

'소리'는 천천히 고개를 끄덕였다.

"우주도서관에서 온 〈허허〉 할아버지와 〈비오〉를 만났잖아요."

"그래, 그렇다면 우리가 꿈꾼 내용을 기억하고 있다는 것이 무엇을 뜻하는지 아니?"

"네."

'소리'는 힘없이 고개를 아래로 떨어뜨렸다.

"아빠, 이제 어떡하죠? 이제……."

"험난한 길이겠지만 우리가 선택되었다면 할 수 없겠지. 그냥 떠나는 수밖에."

"어떻게 해야 하는지 우린 아직 아무 것도 모르잖아요."

"만약 떠나야 한다면 〈허허〉 사신이 어떤 방법으로든 길을 가르쳐 주실 거라고 믿는다만."

그런데 갑자기 '소리'가 걱정스러운 얼굴로 시인을 바라보았다.

"아빠, 엄마는 어떡해요? 우리가 여행을 떠난 사이에 만약 엄마가 돌아오시면요? 우리가 어디에 있는 줄 모르고 다시 가 버리시면 어떡해요?"

시인은 화를 벌컥 내며 자리에서 일어났다.

"네 엄마 얘기는 다시는 안 하기로 했잖니? 이곳이 싫어서

떠난 사람이야. 다시 돌아올 사람이 아니니 걱정하지 않아도
돼!"

"아빠, 그렇지만……."

시인은 '소리'를 자리에서 일으켜 세웠다.

"소리야, 엄마는 잊어버려라. 아빠는 너만 생각하기로 했
다. 우리는 지금 중요한 여행을 하려고 하잖아. 사람들이 당
하고 있는 고통을 생각해 보렴. 마음을 편안하게 가지고 네
엄마는 잊어버려라. 아빠 부탁이야."

시인은 수화로 간절하게 말했다. '소리'는 애써 미소를 지
어 보였다.

시인과 '소리'는 전날 밤에 꾼 꿈을 이해하려고 노력했다.

세상은 얼마 전부터 침묵의 세계로 변해 있었다. 그러나
두 사람은 이 혼란이 어떻게 해서 시작되었는지 우주도서관
으로부터 온 사신 〈허허〉에게서 설명을 들었다.

이 세상에 정말 우주도서관이 존재하고 그곳에서 사신이
왔다면 두 사람은 그 모든 것을 받아들여야 할 것이다.

시인은 급히 서재로 갔다.

'우주도서관이라… 우주도서관이라…….'

시인은 이 책 저 책을 뒤적거렸다. 어딘가에서 우주도서관이라는 말을 본 것 같은데. 얼마나 책 사이를 헤매고 다녔을까, 시간이 꽤 흘렀다.

시인은 책꽂이 저 안쪽에 꽂혀 있던 책 하나를 꺼냈다. '우주의 비밀'이라는 책이었다. 이 책은 몇 년 전 여행을 갔다가 어느 지방 도시의 고서점에서 산 책이었다. 표지가 너덜너덜하고 아주 낡은 책이었지만, 표지에 그려져 있던 별 그림이 그의 마음을 붙잡았던 것이 생각났다.

육각형 안에 그려져 있던 녹색의 별, 그리고 그 위에 새카맣게 그려져 있던 눈! 그때는 단지 그 녹색의 별과 강렬한 회색 눈 때문에 그 책을 샀던 것 같다. 생각보다 값이 꽤 비쌌지만 어떤 알 수 없는 힘에 이끌려 시인은 비싼 값을 치르고 그 책을 샀다.

그는 책의 먼지를 턴 다음, 표지를 바라보았다. 녹색이 좀 바래져 있었지만, 책은 여전히 강렬한 눈빛을 내뿜고 있었다. 몇 년 동안 잊고 있었는데 지금 기억해낸 것은 이상한 일이라고 그는 생각했다. 그러다 뭔가 뇌리를 스치는 것이 있었다. 〈허허〉 사신의 손바닥에서 빛나던 눈! 책의 표지에서 강렬하게 빛나는 눈은 바로 그 눈이었던 것이다.

　시인은 조심스럽게 책장을 넘겨보았다. 책 속에는 알 수 없는 그림들로 꽉 채워져 있었다. 기하학적인 문양들이 어지럽게 춤을 추고 있는 것 같았다. 그는 조심스럽게 페이지 한 장 한 장을 넘겼다.

　그때, '소리'가 주스를 들고 서재로 들어왔다. 그리고 시인의 옆에 가만히 앉아서 책을 들여다보았다. 시인은 주스 한 모금을 마신 다음 다시 책에 집중했다. 얼마나 많은 페이지를 넘겼을까? 수없이 많은 나선들이 꽉 찬 페이지가 나왔다. 눈이 어지러웠다. 두 사람은 뭔가 이상하다는 듯이 서로 얼굴을 마주 보았다. 그 속에 몰입하면 할수록 나선 속에 어떤 것이 숨겨져 있다는 생각이 들었다. 하늘색이 보이는가 하면 한없이 짙은 검은색도 보였다. 그러다 두 사람은 그 속에서 타원형으로 이루어진 어떤 건물을 발견한 것 같기도 했다.

　'저게 도대체 뭘까?'

　둘은 책 속에 얼굴을 더 깊이 박았다.

　그때였다. 누군가 크게 호령하는 듯한 소리가 들렸다.

"뭣들 하느냐! 빨리 출발하지 않고."

다시 누군가의 목소리를 들을 수 있게 된 것이다. 〈허허〉
사신인가?

두 사람은 깜짝 놀랐다. 주위를 둘러보았다. 아무도 보이
지 않았다.

"이런 어리석은 사람들 보게나. 여기를 보게."

시인은 한참 주위를 두리번거리다가 혹시나 해서 책을 들
여다보았다. 나선들이 살아서 꿈틀거리고 있었다. 녹색 별
들이 살아 움직이고 있었다. 목소리는 그곳에서 흘러나오고
있었다.

"아니, 이럴 수가!"

"내 목소리를 벌써 잊었단 말이냐! 나는 우주도서관의 사
신 〈허허〉다.

그대들은 이미 선택되었다. 어서 떠나거라. 시간이 급하다
는 것을 모르느냐!"

〈허허〉 사신의 손바닥에 있던 그 눈이 큰 소리로 말을 하
고 있었다.

"하지만 저희들은 어디로 어떻게 가야 할지 잘 모르고 있
습니다. 가르쳐 주십시오."

이상하게도 방금 전까지 나오지 않던 목소리가 똑똑하게 시인의 귀에도 들렸다. 우주도서관의 사신과 말할 때는 언어 연결체계가 완전히 새로 열리는 것 같았다.

"출발점은 너희들이 있는 바로 그곳이다."
"이곳에서 어디로?"
시인과 '소리'는 당황한 목소리로 사신에게 물었다.
"저기를 보아라."
어떤 힘에 이끌리듯 둘은 서재의 한쪽 벽면을 바라보았다. 그곳에도 역시 책이 잔뜩 꽂혀 있었는데 갑자기 녹색으로 환하게 밝아지며 작은 원이 점점 더 커지고 있었다. 그런데 더욱 놀라운 것은 그 원들이 안쪽으로 소용돌이치며 움직이는 공간을 만들고 있다는 것이었다. 두 사람은 넋이 빠진 듯 그곳을 바라보았다.
또다시 천둥 같은 목소리가 들렸다.
"지금 떠나거라!"

"지금요? 저희들은 지금 아무런 준비도 되지 않았는데요."
시인과 '소리'는 잠시 머뭇거렸다.

"준비는 필요 없다. 그곳으로 지금 들어가라!"

두 사람은 사신의 말을 따라야 한다는 것을 깨달았다.

시인은 '소리'의 손을 잡고 말했다.

"소리야, 준비되었니?"

'소리'는 고개를 끄덕였다.

"그럼…… 아빠를 꼭 잡아야 한다."

두 사람은 오른발을 한 발짝 앞으로 들이밀어 보았다. 발이 강력한 힘 속으로 빨려 들어가고 곧이어 몸도 저항할 수 없는 강한 힘에 이끌려 소용돌이 안으로 빨려 들어갔다. 그들의 뒤로 우주도서관의 사신 〈허허〉의 목소리가 들려왔다.

"용기를 잃지 말아라!"

제3장
사막에서 녹색 뱀을 만나다

모래바람이 심하게 불고 있었다. 주위가 조용했다. 섬뜩하리만큼 조용한 침묵이 흐르고 있었다.

얼마나 시간이 흘렀을까? 둘은 자리에서 일어났다. 온몸이 뻐근했다. 끝없는 회오리바람 속으로 빨려 들어온 것까지는 기억이 나는데 그다음은 생각이 잘 나지 않았다. 휘몰아칠 때의 어지럼증이 다시 몰려왔다.

애써 정신을 차리고 주위를 둘러보았다. 그러다 두 사람은 갑자기 소리를 질렀다.

"아!"

끝도 없이 사막이 펼쳐져 있었다. 모래 언덕이 부드러운 선을 드러내며 누워 있었던 것이다. 일어서려던 두 사람은 다시 바닥으로 주저앉았다.

'여기서 대체 무엇을 하란 말인가!'

시인은 '소리'를 끌어안았다.

"소리야, 우린 이제 어떡하지?"

시인이 말을 했지만 다시 괴물 같은 목소리가 나올 뿐이었다. 또다시 말이 통하지 않게 된 것이다. 할 수 없이 두 사람은 수화로 자신의 생각을 표현하는 수밖에 없었다.

'소리'는 처음 와 보는 사막이라 호기심도 생겼고 두려움도 생겼다.

"아빠, 가다 보면 길이 생기겠지요."

"글쎄다."

두 사람이 손을 잡고 일어나려고 할 때였다. 갑자기 무슨 소리가 들리는 것 같았다. 두 사람은 긴장하며 앞을 노려보았다.

"싸 – 아악, 싸 – 아악."

마치 거대한 개미 떼가 몰려오고 있는 것 같았다. 모래바람이 불어오고 있었던 것이다.

"이를 어쩌지? 소리야, 아빠한테 꼭 붙어라."

시인은 급히 옷을 벗어 '소리'의 얼굴과 자신의 얼굴을 감싼 다음 숨을 곳을 찾아보았다. 한참을 헤맨 끝에 커다란 바위 하나를 발견할 수 있었다. 두 사람은 급히 그곳으로 피했다.

모래바람은 쉬지 않고 휘몰아쳤다.

눈을 감았지만 모래가 사정없이 눈 속으로 들어오고 있었다.

'소리'는 너무 따가워서 비명을 질렀다.

시인은 걱정이 되어 딸을 더욱 바싹 안아 주었다.

시간이 너무 느리게 흐르는 것 같았다.

'소리'는 문득 엄마가 보고 싶었다. 엄마는 지금 어디에 계신 것일까?

'소리'가 일곱 살이었을 때, 엄마는 공부하러 외국으로 떠났다. 시인은 '소리'가 아직 어린아이였기 때문에 몇 년만 더 있다가 같이 가자고 했다. 그러나 엄마는 시인의 말을 듣지 않았다.

결국 떠나기로 한 전날 저녁, 엄마는 '소리'를 안고 한참을 울었다.

"소리야, 미안해. 너한테 정말 미안해! 그렇지만 엄마는 지금 공부를 꼭 하고 싶단다. 더 늦어지면, 하고 싶은 공부를 못할 것 같아. 용서해 줘. 엄마가 공부하고 돌아오면 너한테 그동안 못 해줬던 것 다 갚을게. 미안해, 소리야."

그때 '소리'는 엄마가 정말 서럽게 운다고 생각했다.

수화를 하는 엄마 눈에서 눈물이 계속 흐르고 있었다.

그러나 '소리'는 울지 않았다. 어린 나이였지만 한 번 울기 시작하면 걷잡을 수 없을 것 같았기 때문이다.

'소리'는 이를 꽉 깨물고 울음을 참았다.

그날 밤 엄마는 늦게까지 '소리' 얼굴을 어루만지며 잠을 이루지 못했다. '소리'도 잠이 오지 않았지만 잠든 척했다.

그 다음날 아침 일찍, 엄마는 프랑스로 떠났다.

엄마는 '소리'에게 곰 인형을 선물로 주었다.

엄마는 공항에서도 울음을 터뜨렸다.

시인은 화가 나서 엄마가 내민 손을 잡아 주지 않았다.

'소리'는 공항을 빠져나오는 차 안에서 멀리 하늘을 바라보았다.

'그때 하늘은 참 푸른색이었는데…….'

'소리'는 눈을 가만히 떠보았다.

신기했다. 모래바람이 그치고 있었다. 그리고 푸른 하늘이, 정말 그때의 그 푸른 하늘이 저 모래 언덕 너머 펼쳐져 있었다.

'소리'는 기쁨에 겨워 시인을 바라보며 환하게 웃었다. 시인도 뜻밖에 펼쳐진 푸른 하늘을 보면서 기분이 맑아지는 것을 느꼈다.

"참 푸른 하늘이죠?"

갑자기 누군가의 목소리가 들려 왔다.

둘은 깜짝 놀라 주위를 두리번거렸다. 〈허허〉 사신인가? 그러나 두 사람 곁에 있는 것은 놀랍게도 커다란 녹색 뱀이었다.

"으악!"

두 사람은 기절할 듯이 놀랐다. 둘은 평소에도 뱀을 무척 싫어했다. 그런데 바로 그 뱀이 두 사람 옆에 바짝 붙어 쳐다보고 있었던 것이다. 말까지 하고 있는 데다 그 말이 무슨 뜻인지 이해할 수 있다니……

"놀랐나요?"

뱀이 다시 말을 했다.

두 사람은 두려움에 가득 찬 얼굴로 녹색 뱀을 바라보았다.

그런데 녹색 뱀이 다시 말을 이었다.

"걱정 말아요. 잡아먹지 않을 테니! 나는 사람을 잡아먹지 않아요."

두 사람은 다시 깜짝 놀랐다. 너무 거대한 뱀이었기 때문에 잡아먹히지 않을까, 사실은 걱정하고 있던 참이었다. 녹색 뱀은 자신들의 마음까지도 읽어내고 있었던 것이다.

"정말 푸른 하늘이죠? 여기에서는 좀처럼 볼 수 없는 색인데… 신기하네요."

녹색 뱀은 계속해서 신나게 떠들어댔다.

시인과 '소리'는 놀라움에 가득 찬 얼굴로 그냥 멍하니 녹색 뱀을 바라볼 수밖에 없었다. 뱀은 아주 깨끗하고 투명한 녹색을 지니고 있었다. 길이는 5m쯤 될까? 몸통도 엄청 굵어 보였다.

'소리'는 뱀의 눈을 쳐다보다 특이한 점을 발견했다. 다른 뱀들 눈은 지나치게 찢어져 있거나 어둡고 무서웠는데, 이 뱀의 눈은 그렇지 않았다. 동그란 눈에 반쯤 감은 두 눈이 마치 꿈을 꾸는 듯한 모습이었다. 한편으로는 귀엽게도 보였다.

'소리'는 뱀의 눈을 쳐다보고 있으려니 무서움에서 벗어날 수 있었다. 뱀의 눈빛은 따뜻하고 다정했다. '소리'는 금방이라도 녹색 뱀과 친구가 되고 싶었다.

"이제 완전히 경계심을 풀었군요. 그런데 당신은 아직도 내가 무서운가요?"

녹색 뱀이 시인을 돌아다보았다. 시인은 움찔 뒤로 물러났다.

"아빠. 겁내지 마세요. 이 뱀은 우리를 해칠 것 같지 않아요. 겁내지 마세요."

'소리'가 수화로 말했다.

"나를 만져 보세요. 난 당신들을 괴롭히러 온 것이 아니에요. 당신들을 도우러 왔어요."

'소리'는 약간 멈칫거리며 녹색 뱀을 살짝 건드렸다. 차갑고 미끌미끌한 피부가 만져졌다.

녹색 뱀은 '소리'의 손을 잠깐 감았다 이내 놓아주었다.

"난 당신들을 도우러 왔어요!"

녹색 뱀이 다시 강하게 말했다. 시인은 조심조심 녹색 뱀 앞으로 다가갔다.

"난 소리와 당신을 도우러 왔다구!"

이번에는 아주 강경한 목소리였다.

'소리'는 녹색 뱀이 자신의 이름을 알고 있는 것에 대해 무척 놀랐다.

"난 당신들에 대해 많은 것을 알고 있어요. 놀라지 마세요. 난 우주도서관의 사신〈허허〉로부터 당신들을 도와주라는 부탁을 받았어요.〈비오〉도 소리에 대해서 말을 해주었죠. 난 앞으로 당신들 여행에 합류할 거예요. 당신들은 앞으로 많은 어려움에 부딪히게 될 것입니다. 방금 당신들이 만난 모래바람도 그 시험의 하나였어요. 그러나 소리 덕분에 위험에서 벗어날 수 있었어요. 앞으로 차차 이 여행의 비밀을 알게 될 것입니다. 일단 휴식을 취한 다음 여행을 계속하기로 해요. 자 이것을 좀 먹어 보세요."

녹색 뱀은 과일을 내놓았다. 전에 한 번도 먹어 본 적이 없는 주황색 과일이었다. 석류랑 비슷하게 생겼지만 맛은 더 달콤했다. 두 사람은 과일 몇 개를 허겁지겁 먹어 치웠다. 몹시 배가 고프던 터였으므로 과일 맛이 꿀맛이었다. 배를 채운 시인이 녹색 뱀에게 물었다. 말이 나오지 않았기 때문에 수화로 하는 수밖에 없었다.

"수화 알아듣겠지?"

"그럼요. 그렇지만 이제는 당신의 언어로 말해도 돼요. 나는 모든 말을 다 알아들을 수 있어요. 지금은 비록 언어가 혼돈의 세계 속으로 들어가 있지만…. 난 당신들이 알아들을 수 있는 말로 하고 있잖아요. 나랑 함께 있을 동안은 당신들도 말을 할 수 있을 거예요. 그러나 이것은 일시적이고 제한적인 조치일 뿐이에요. 우주도서관 사신의 권한으로 그렇게 할 수 있어요. 하지만 당신들이 끝내 〈말씀의 거울〉을 찾지 못한다면 당신들은 다시 언어의 어둠 속으로 가라앉고 말 것입니다."

녹색 뱀이 부드럽게 말했다. 입을 별로 움직이는 것 같지 않은데도 사람의 목소리가 나오는 것이 신기하기만 했다.

두 사람은 다시 말을 할 수 있다는 것이 너무 반가웠다.

"우리가 도대체 어떻게 해야 할지 알 수 없구나. 사신은 우리에게 아무것도 가르쳐 주지 않았어. 도대체 어떻게 해야 하는 거야?"

"그건 차차 알게 될 거예요. 이 여행에, 즉 〈말씀의 거울〉을 찾으러 떠난 이 여행에 많은 사람이 참여했지요. 전 세계의 수많은 사람들이 이 여행에 동참하고 있어요. 그들은 수 없이 다른 방법으로 길을 찾아 떠났어요. 언어의 여신〈나다〉에게로 가는 길은 수만 가지예요. 각자 원하는 대로 그 길을 찾게 될 것입니다."

'소리'는 녹색 뱀을 가만히 바라보았다. 바라볼수록 녹색 뱀의 눈빛이 마음에 들었다. '소리'는 혼자 생각했다.

'마치 꿈꾸는 눈 같아. 저렇게 아름다운 뱀의 눈이 있을 줄은 몰랐어. 정말 아름다워. 내가 뱀을 좋아하다니, 정말 놀라운 일이야……'

그때였다.

"그것 참 좋은데요. '꿈꾸는 눈'이라…. 한 번도 나를 그렇게 불러준 사람이 없었는데. '꿈꾸는 눈', 앞으로 나를 그렇게 불러주세요."

녹색 뱀은 역시 '소리'의 마음을 읽고 있었던 것이다.

"정말 그렇게 불러도 될까, 응?"

'소리'가 녹색 뱀에게 다가가며 물었다.

"그래요. 난 당신이 좋아지고 있어요. 그렇게 하세요."

'소리'는 녹색 뱀의 목을 어루만져 주었다.

"나도 그래. 꿈꾸는 눈……."

시인은 둘을 물끄러미 바라보았다.

그날 밤, 시인과 '소리'는 사막의 한가운데 있는 둥근 바위 옆에서 잠을 청했다. 녹색 뱀이 물어다 준 커다란 나뭇잎은 차가운 밤공기를 막는데 충분히 도움이 되었다. 두 사람은 아주 달게 잠을 잤다.

제4장
미워하는 것으로부터 공격받다

다음 날 아침 녹색 뱀이 급하게 깨우는 바람에 놀라 두 사람은 잠을 깼다.

"자! 어서 길을 떠나야 해요. 서두르세요."

두 사람은 자리에서 벌떡 일어났다.

"<마음을 잃은 자>가 언제 찾아올지 모른다고요. 정신을 차리셔야 합니다."

그러나 녹색 뱀의 말이 끝나기도 전에 이미 사방이 어두워지고 있었다. 분명히 아침이었는데도 말이다.

사방이 어두워지더니 이내 완전한 암흑세상이 되어 버렸다.

'소리'는 놀라 아빠를 불렀다. 시인은 딸의 손을 황급히 잡
아 주었다.

어디선가 쥐 떼들이 몰려오기 시작했다. 걷잡을 수 없을
만큼 많은 수의 쥐 떼였다.

"마음을 비워야 해요. 마음을……."

녹색 뱀의 목소리가 들렸다.

'저 말은 무슨 뜻일까? 마음을 비우라니…….'

'소리'와 시인은 녹색 뱀의 말을 이해하려고 노력했다. 그 사이에 쥐 떼는 두 사람에게로 달려들었다. 어둠 속에서 두 사람은 곧 피투성이가 되었다. '소리'는 쥐를 굉장히 무서워했기 때문에 거의 기절할 지경에 이르렀다. 회색의 털을 세운 커다란 쥐들이 기분 나쁜 소리를 내며 두 사람에게로 덤벼들며 사정없이 이빨로 물어뜯는데 그야말로 속수무책이었다.

서늘한 공포감이 몰려들었다. 여기에서 이대로 죽을 수는 없다고 생각했다. 몰려드는 쥐 떼를 떨쳐내며 '소리'는 녹색 뱀의 말을 다시 생각했다.

'마음을 비워야 해요. 마음을…….'

'소리'는 아무 생각도 하지 않으려고 노력했다. 마음속에 아무것도 없다고 생각하는 그 순간, 거짓말같이 쥐 떼가 사라져버렸다.

그러나 고요함도 잠시, 이번에는 저 멀리서 땅이 갈라지는 듯한 소리가 들려왔다. 커다란 눈사람들이 다가오고 있었다. 눈사람들의 하얀 빛 때문에 주위는 다시 밝아졌다. 사람 키의 10배는 되는 거인 눈사람들이었다. 그뿐만이 아니었다. 갑자기 찬바람이 휘몰아치며 눈발이 휘날리기 시작했다.

사막이 순식간에 북극 지방으로 변해 버리는 것 같았다.

살을 에는 추위가 몸속으로 깊이 파고들었다.

칼바람이 수만 개의 바늘이 되어 피부를 찔러댔다. 눈사람은 땅을 울리며 점점 더 가까이 오고 있었다.

그런데 눈사람들의 표정이 갖가지였다.

찡그린 얼굴, 화난 얼굴, 웃고 있는 얼굴, 또 울고 있는 눈사람까지⋯⋯.

'소리'는 그 와중에 눈사람들의 표정을 보고 참을 수 없이 웃어 댔다.

그러나 뜻밖에도 시인의 얼굴은 굳어져 가고 있었다.

"눈사람이다. 눈사람⋯⋯."

"아빠, 괜찮으세요? 다만 눈사람일 뿐이에요. 무서워하지 마세요."

"그래도 난⋯⋯."

두 사람이 실랑이하고 있는 사이 눈사람은 점점 더 가까이 다가오고 있었다.

두려움에 사로잡힌 아빠와 달리 '소리'는 눈사람이 그다지

무섭지 않았다. 크기만 할 뿐이지 눈사람이지 않은가!

'소리'는 오히려 눈사람에게 가까이 다가갔다.

"소리야, 안 돼!"

시인이 소리를 질렀다.

"안 돼. 가까이 다가가지 마! 다치면 어떡하려고!"

그러나 '소리'는 아빠의 말을 듣지 않았다.

"눈사람인걸요."

'소리'는 발뒤꿈치를 높이 들고 눈사람에게 손을 내밀었
다. '소리'의 작은 손은 눈사람의 무릎에도 닿지 않았다. 하
지만 그 몸은 너무 차가워서 싸한 느낌이 '소리' 몸속으로 파
고들었다.

'소리'는 큰 소리로 말했다.

"이런 곳에서 너희들을 만나게 되다니. 내가 얼마나 눈사
람을 보고 싶어 했는지 아니? 그런데 이렇게 많은 눈사람들
을 만나게 될 줄은 몰랐어."

눈사람들이 잠시 주춤거렸다.

'소리'가 다시 눈망울을 반짝이며 말했다.

"나랑 같이 놀아. 난 눈밭에서 너희들이랑 마음껏 놀고 싶어."

'소리'는 눈사람의 다리를 껴안기까지 했다.

갑자기 눈사람들의 눈에서 눈물이 죽 흘러내렸다.

"네 아빠가 우리를 미워하니까, 싫어하니까 오게 된 거야. 네가 우리를 좋아하는 줄은 몰랐어. 우리는 미움의 산물이거든. 네 아빠가 추위를 너무 싫어해서 우리가 왔는데 네가 좋아한다면 우리는 반대로 떠나야 돼! 우리는 미움으로 해서 태어났고 미워하는 사람에게 가까이 가게 되어 있기 때문이야."

말을 마치자 눈사람들은 곧 사라졌다. 어떻게 그 많은 눈사람들이 한꺼번에 사라질 수 있을까, 싶을 만큼 그들은 갑자기 사라져 버렸다. 시인은 아직까지 벌벌 떨고 있었다. '소리'는 그제야 모든 것을 이해했다. 마음속에 싫어하고 미워하는 것이 형상화되어 나타난다는 것을.

'소리'는 쥐를 싫어했고 아빠는 추위를 싫어했다. '소리'는 이러한 사실을 시인에게 말하려고 아직도 떨고 있는 시인에게 가까이 다가갔다.

그때였다.

수없이 많은 사람들이 갑자기 두 사람의 주위로 몰려들고 있었다. 그런데 모두 똑같은 얼굴을 하고 있었다. 여자들인데 대체 누굴까?

'소리'는 그 사람들을 자세히 바라보았다.

"엄마!"

'소리'는 비명을 질렀다. 그리고 시인을 바라보았다.

'설마 아빠가……'

시인도 두려움에 가득 찬 표정으로 '소리'를 바라보았다.

"소리야."

"아빠, 엄마를 생각하고 계신 거예요? 아빠는 그동안 엄마를 미워하고 계셨군요. 엄마 생각을 하지 마세요. 마음을 비우셔야 해요."

"그… 그렇지만 잘되지 않는구나. 그동안 네 엄마가 그리워서 견딜 수 없었어. 네 엄마를 이렇게라도 만났는데 그렇게 쉽게 빨리 보낼 수는 없어."

"아빠, 저것은 엄마의 허상일 뿐이에요. 아빠가 만들어 낸 엄마의 허상이요. 저것은 진짜 엄마가 아니에요. 저것들은 곧 우리를 공격할 거라고요."

"소리야, 대체 무슨 소릴 하는 거냐? 난 그동안 네 엄마를 너무나 미워했다. 너와 나를 버려두고 간 네 엄마를 말이다. 어떻게 해서 네 엄마가 저렇게 나타났는지 모르지만 네 엄마랑 얘기를 좀 해 봐야겠다. 꼭 그렇게 떠나야 했느냐고 말이다."

시인은 아내에게로 다가가려고 비틀비틀 일어섰다. 그러나 똑같은 모습의 아내가 수도 없이 많았기 때문에 시인은 누구에게 가야 할지 갈팡질팡했다. 그런데 더욱 놀라운 것은 '소리' 엄마의 얼굴이 미움과 비웃음으로 가득 찬 얼굴이라는 사실이었다. '소리'는 저 모습들이 허상이라는 것을 알고 있었지만, 막상 엄마의 그런 모습을 보니 마음이 아팠다.

"아빠, 정신 차리세요. 저건 엄마가 아니에요. 아빠 마음속의 엄마 모습이에요. 어서 엄마의 모습을 지워 버리세요."

시인은 고개를 세차게 흔들었다.

"안 돼! 안 돼! 지워버리지 않을 거야. 네 엄마의 모습을 똑똑히 볼 거란 말이야."

시인은 앞으로 달려 나갔다.

"어디 갔다 이제 온 거야? 어디 갔다가 이제 왔냐고!"

'소리' 엄마의 허상이 무서운 기세로 시인에게로 가까이 다가가고 있었다.

'소리'는 마음이 아팠다. 아빠가 저토록 엄마를 미워하고 있었다니, 저토록 엄마를 그리워하고 있었다니.

갑자기 엄마의 모습을 한 허상들이 아빠를 때리기 시작했다. 그리고 '소리'에게도 다가와 마구 때리기 시작했다. 시인과 '소리'는 아무 저항도 없이 그냥 맞기만 했다. 두 사람의 눈에서는 자꾸만 눈물이 흘러내렸다.

그렇게 얼마의 시간이 흘렀을까? 시인이 갑자기 땅바닥에 엎드려 통곡을 하기 시작했다.

"내가 얼마나 당신을 보고 싶어 했는지 당신은 아는가 말이오. 얼마나 당신을 그리워했는지……."

'소리'도 아빠를 안고 같이 울었다.

잠시 후, 시인의 마음이 좀 가라앉는 것 같았다. 엄마의 허상들이 사라지기 시작했다. 그 얼굴들은 더 이상 미움의 표정을 짓고 있지 않았다.

"가지 말아요! 가지 말아요!"

시인은 계속해서 울부짖었다. '소리'는 허상이나마 엄마를 잠깐 보았다는 사실에 크게 위안을 얻었다. '소리'는 아빠를 안고 가만히 있었다. 팽팽 도는 안경알 속의 아빠 눈이 빨갛게 퉁퉁 부어 있었다.

"이제 1차 시험이 끝났어요. 잘했습니다."

그동안 사라졌던 녹색 뱀이 어느새 두 사람의 옆에 와 있었다.

"어디에 가 있었던 거야?"

'소리'가 녹색 뱀에게 물었다.

"난 당신들을 적극적으로 도와줄 수는 없어요. 모든 문제는 당신들이 스스로 해결해야 합니다. 난 조언만을 해 줄 수 있을 뿐이지요. 아까 내가 말했던 것 기억나세요? 마음을 비우라고 했던 말."

"그래, 기억해. 기억하고말고. 고마워, 꿈꾸는 눈!"

녹색 뱀이 씩 웃었다.

"<마음을 잃은 자>는 당신들의 마음속에 숨어 있는 미움을 드러내어 당신들을 괴롭히려고 했어요. 처음에 쥐가 나났을 때 무척 놀랐을 거예요. 갑자기 어두워지자 소리는 쥐를 생각해 낸 거예요. 생각해 보세요. 소리는 옛날 어느 날, 길을 잃어버린 적이 있었어요. 그때 어둠 속에서 시궁창에 빠진 적이 있었는데 수많은 쥐들이 소리에게로 몰려든 적이 있었어요. 다행히 시인이 찾아 나서서 무사히 구출되기는 했지만. 어두워지니까 소리는 문득 그때 일을 기억해낸 거예요. 명심하세요. 우리들 기억이란 없어져 버리는 것이 아녜요. 모든 것이 다 머릿속 깊이 저장되어 있죠. 그 기억들을 상황에 따라 잘 끄집어내는 것도 지혜라고 할 수 있어요."

녹색 뱀은 잠깐 말을 멈추더니 시인을 바라보았다. 그리고 혼자 미소를 지었다. 시인은 무안한 듯 애써 녹색 뱀의 시선을 피했다.

"시인 아저씨, 당신이 그렇게 추위를 무서워하고 싫어하는지 몰랐어요. 물론 나도 추위를 싫어하기는 하지만, 눈사람들이 나타났을 때는 나도 놀랐다니까요. 다행히 소리가 사태를 이해해서 큰 어려움은 없었지만."

시인은 잔뜩 웅크리면서 겸연쩍은 얼굴로 말했다.

"여하튼 난 싫어. 추위가 싫단 말이야. 난 다른 건 다 참아도 추위는 못 참겠어. 그래서 지난번에도 〈마음을 잃은 자〉에게 죽을힘을 다해 달려들었던 거야. 그때 얼마나 추웠는지 넌 모를 거야."

시인의 도수 높은 안경이 가늘게 떨렸다.

"〈마음을 잃은 자〉는 당신들이 가진 마음속의 미움이 당신들을 해치기를 원했지만, 우주도서관의 사신 〈허허〉는 당신들이 그것으로 인해 스스로 정화되기를 원했어요. 당신들은 스스로 그것을 해냈어요. 이제 당신들 마음은 정화되었고 힘은 더욱 강해졌어요. 당신들은 이제 다른 곳으로 떠나야 해요. 1차 시험은 끝이 났습니다."

"그럼 너는?"

'소리'가 녹색 뱀과 헤어지기 섭섭한 듯 물었다.

"글쎄요. 그건 나중에 알게 되겠지요. 하지만 만나고 싶으면 언젠가 다시 만나게 된다는 것을 잊지 마세요. 이제 당신들은 생명의 샘으로 가세요. 그곳에 가면 당신들이 해야 할 일이 무엇인지 알게 될 것입니다. 그리고 이것⋯⋯."

녹색 뱀은 큰 잎사귀 하나를 내밀었다.

"이게 필요할 거예요."

녹색 뱀은 곧 사라졌다.

시인과 '소리'는 생명의 샘이 어디 있는 줄 몰랐으나 빛을 향해 무작정 걸었다. 사막은 아름다웠지만 지루했다. 갈증이 심해질 무렵 그들 앞에 초록빛으로 일렁거리는 샘이 나타났다. 시인은 손으로 물을 떠 '소리'에게 우선 먹였다. 두 사람은 곧 정신을 차릴 수 있었다. 그들은 녹색의 샘을 바라보았다. 크지는 않았지만 아담한 샘이었다.

갑자기 물속에서 퍼덕거리는 소리가 났다. 한 마리의 새가 물속에서 솟구쳐 오르고 있었다. 가슴에 커다란 녹색의 반점

이 있는 흰 새였다. 흰 새는 입에 물고 있는 것을 '소리'에게 떨어뜨렸다. '소리'는 얼른 그것을 받았다. 새가 떨어뜨린 것은 투박한 황토색 돌판이었다. 새가, 시인이 들고 있는 큰 잎사귀를 부리로 가리켰다. '소리'는 곧 시인에게서 잎사귀를 받아 돌판을 잘 쌌다. 잎사귀가 돌판에 닿는 순간, 녹색의 강렬한 빛이 뿜어져 나오더니 곧 동그란 구 형태로 변했다. 잠시 후, 빛은 사라지고 녹색 구슬만이 남게 되었다.

시인과 '소리'는 이 초록 구슬이 무엇을 뜻하는지 잘 알 수 없었지만 〈말씀의 거울〉을 찾는데 필요한 귀중한 물건이라고 생각했다.

녹색가슴새는 다시 샘 속으로 들어가 버렸고, 샘은 그 자리에서 감쪽같이 사라지고 말았다.

두 사람은 다시 앞을 향해 걸어 나갔다. 그들 앞에 어떤 일이 펼쳐질지는 알 수 없었지만, 초록 구슬이 있었기에 그들은 더 큰 용기를 낼 수 있었다.

제5장
반인반수의 나라

여행은 끝이 없었다.

녹색가슴새로부터 초록 구슬을 받은 후, 두 사람 앞에는 끝없는 광야가 펼쳐졌다. 시인과 '소리'는 지칠 대로 지쳐 있었다. 배도 고팠을 뿐만 아니라, 아무도 만나지 못해서 두 사람은 외로웠다.

녹색 뱀 '꿈꾸는 눈'이 없었기 때문에 두 사람은 수화로 서로 이야기를 주고받아야 했다. '소리'는 말하는 기쁨과 즐거움을 이미 알고 난 터라 수화를 하는 것이 답답하고 불편했다. 시인도 자꾸 짜증이 났다.

'소리'는 아빠의 팽글팽글 돌아가는 안경알 속의 작은 눈을 바라보며 '아빠가 무척 피곤하구나.' 생각했다.

얼마나 걸었는지 알 수 없었다. '꿈꾸는 눈'도 나타나지 않았고 우주도서관의 사신 〈허허〉로부터도 아무런 연락이 없었다.

두 사람은 배고픔과 갈증에 지친 나머지 쓰러지고 말았다.

갑자기 주위가 소란스러워진 것 같았다.

시인은 깜짝 놀라 자리에서 일어났다. 서둘러 안경을 바로 쓰고 주위를 둘러보았다.

어슴푸레한 빛 때문인지 주위에 무엇이 있는지 처음에는 알 수 없었다.

한참 후, 이윽고 어둠에 눈이 익숙해졌을 때 시인이 발견한 것은, 수많은 동물 무리였다. 아니, 사람들 무리였다. 아니, 아니었다. 동물도 아니고 사람도 아니었다. 시인은 눈을 부라리고 더 자세히 보려고 노력했다. 그러다 기절할 것만 같았다. 그들은 바로 반인반수의 무리였던 것이다. 상상 속으로만 존재한다고 믿었던 반인반수! 그런데 실제로 시인의 눈앞에 나타나다니. 그것도 한 사람, 한 마리도 아닌 수백 마리의 사람, 동물들이……

시인은 눈을 비비고 또 비볐다. 그러나 옆에 있는 것은 분명히 반인반수의 무리였다. 모두들 하나같이 상반신은 사람이었지만 하반신은 각기 다른 동물의 모습을 하고 있었다.

사자의 모습, 돼지의 모습, 그리고 두꺼비 모습도 있었다. 뱀도 있고 하마도 있고 사마귀와 개미, 장수풍뎅이 모습까지 있었다. 물고기 모습이 있는가 하면 곰도 있었고 달팽이, 까마귀, 독수리 그야말로 동물들 모습은 다 모아온 것 같았다. 그 기괴함이 이루 말로 다 할 수 없을 지경이었다.

시인이 놀라움에 정신을 차리지 못하고 있을 때, '소리'가 오랜 잠에서 깨어났다.

시인은 곧 '소리' 곁으로 다가갔다.

딸이 놀랄까 봐, 걱정이 된 시인은 곧 '소리'를 가슴에 꼭 안았다.

'소리'는 갑자기 자신들의 앞을 막고 서 있는 것이 사람들인 줄로만 알았다. 그러나 너무 많은 사람들이 왜 앞을 가로막고 서 있는 것일까 의아해했다.

'소리'는 아빠 품에서 얼굴을 조금 내밀어 더 자세하게 그들을 관찰했다. 그러다 '소리'는 갑자기 자기 머리를 아빠 품

속에 완전히 파묻어 버렸다. 심하게 놀랐는지 비명도 지르지 못했다. 시인은 '소리'를 따뜻하게 감싸 주었다.

그런데 이상하게도 반인반수들은 두 사람에게 어떤 행동도 취하지 않았다. 그냥 바라보기만 할 뿐, '소리'와 시인을 괴롭히거나 못되게 굴지 않았다.

잠시 후, 완전히 어둠이 짙어졌을 때, 하반신이 유달리 홀쭉한 소년 하나가 횃불을 들고 나타났다.

불 아래 드러난 소년의 모습은 반인반수가 아니었고 등에는 날개가 달려 있었다. 다리가 이상하리만큼 가늘긴 했지만, 동물의 모습은 아니었다. 사자도, 돼지도, 소도, 뱀도 아닌 진짜 사람 다리를 가지고 있었던 것이다. 게다가 반인반수의 무리들은 그 소년을 우두머리로 여기고 있는 듯 했다. 그 소년이 시인과 '소리' 앞에 다가갈 수 있도록 길을 터 주었기 때문이다.

소년이 두 사람을 쳐다보자 두 사람은 곧 소년의 생각을 알 수 있게 되었다. 소년은 말하지 않고 텔레파시를 사용했던 것이다. 말하지 않아도 상대방의 생각을 알 수 있다는 게 신기하기만 했다.

"우리들은 오랫동안 당신들을 기다렸어요. 그동안 수없이 많은 사람들이 다녀갔죠. 그들이 깨달음을 얻었는지 우리로서는 알 수 없어요. 하지만 당신들에게도 행운을 빌어요."

시인과 '소리'는 이곳에서 어떤 일이 일어날지 궁금했다. 하지만 차차 묻기로 했다.

소년이 다시 텔레파시로 말했다.

"일단 우리를 따라오세요. 당신들은 얼마간 우리들과 함께 지내게 될 거예요."

두 사람은 두려웠지만 일단 소년과 반인반수의 무리를 따라가기로 했다. 이들과 지내는 것이 시험의 한 방법이라면 기꺼이 받아들여야 한다고 생각했다.

시인은 '소리'를 일으켜 세웠다. '소리'도 소년이 나타난 후에는 마음이 좀 진정이 되었다. 두 사람은 손을 꼭 잡았다. 그리고 무리의 뒤를 따랐다.

소년이 앞장을 서고 반인반수들은 질서를 유지하려고 애쓰면서 소년의 뒤를 따랐다.

시인과 '소리'는 그들을 따라가면서 처음에 가졌던 감정들이 조금씩 사그라지는 것을 느낄 수 있었다.

그들의 모습이 이상하고 무서웠지만, 한편으로는 안쓰럽기도 했던 것이다.

제6장
거울로 비추리라

길은 멀고 험했다. 바위산을 지나고 강을 건너자, 그들이 사는 곳이 나타났다. 그곳도 척박하고 메마른 땅이기는 마찬가지였다.

소년은 그들이 사는 마을에 도착해서도 멈추지 않고 계속해서 걸었다. 시인과 '소리'는 피곤했지만 할 수 없이 따라가는 수밖에 없었다.

잠시 후, 다시 넓은 땅이 펼쳐진 곳에 도착했다. 집들의 모습은 보이지 않았다. 다만 평평하게 잘 다듬어진 초원이 펼쳐져 있을 뿐이었다. 그곳에 도착하자 반인반수들의 행동이 갑자기 빨라지고 질서정연해졌다. 두 사람은 무슨 일인가 하고 앞을 바라보았다.

소년이 든 횃불이 갑자기 더 밝게 타오르고 있었다. 그 횃불은 소년이 지금까지 들고 있었던 어떤 횃불보다 수십 배는 더 밝았다.

두 사람은 반인반수들의 무리를 지나 앞으로 나아갔다. 마침내 소년이 있는 곳에 이르렀을 때, 두 사람은 깜짝 놀랐다. 두 사람 앞에 서 있는 것은 놀랍게도 대형 거울이었던 것이다.

거울은 밝은 횃불 아래, 그들 모두의 모습을 환하게 비춰 주고 있었다. 그런데 거울의 크기가 정말 놀라웠다. 시인과 '소리'는 이렇게 큰 거울을 한 번도 본 적이 없었다. 자신들이 살던 곳 어느 곳에도 이렇게 큰 거울은 없었다. 거울의 크기는 상상할 수 있는 크기를 넘어서고 있었다. 수백 마리의 반인반수들이 일렬로 늘어서도 그들의 모습을 다 비출 수 있을 만큼 그 크기는 거대했다. 거울의 높이는 족히 10미터는 넘어 보였다. 마치 바위산처럼, 거대한 병풍처럼 거울은 초원 위에 우뚝 세워져 그들의 모습을 비추고 있었던 것이다.

활활 타오르는 횃불 아래 비친 반인반수들의 모습은 정말 무서웠다.

그들은 모두 일렬로 거울 앞에 늘어섰다. 그들의 얼굴은 무뚝뚝하게 굳어 있었고 무언가 비장해 보였다. 그리고 한편으로는 기대에 찬 표정도 짓고 있었다. 그들은 마치 시험을 앞둔 학생들처럼 잔뜩 긴장한 채 거울 앞에 가만히 서 있었다.

아주 긴 시간이 흘렀다.

그들 가운데 사마귀 모습을 한 반인반수가 갑자기 울음을 터뜨렸다.

그러자 곰의 모습, 하마의 모습, 뱀의 모습을 한 반인반수가 울음을 터뜨리고 마침내 그곳에 모인 반인반수들이 다 울음을 터뜨렸다. 그들의 울음은 처음에는 흐느낌이었으나 나중에는 울부짖음으로 변했다. 그곳은 곧 아수라장이 되어버렸다. 그 모습은 너무 끔찍해서 슬퍼 보이기까지 했다. 급기야 그들은 땅바닥에 엎드려 기나긴 통곡을 시작했다.

횃불은 이글거리고, 거대한 거울에 비친 반인반수들의 모습은 무섭기 그지없고…….

그때였다. 소년이 갑자기 횃불을 높이 쳐들었다. 그러자 통곡하고 있던 반인반수들이 갑자기 울음을 멈추었다. 그리고 모두들 자리에서 일어났다. 그들은 하나같이 힘이 없었고 얼굴에 온기도 전혀 없어 보였다.

그들은 모두 다 같이 거울 앞을 떠났다. 그리고 천천히 그들의 거처로 돌아가기 시작했다. 그들의 뒷모습을 바라보는 두 사람의 마음은 아팠다.

시간이 많이 흘렀다.

수백 명의 반인반수들이 다 떠났다.

그곳에는 시인과 '소리'만이 남았다.

소년이 커다란 통에 횃불을 꽂았다. 그러자 놀랍게도 거울이 땅속으로 들어가기 시작했다. 그 거대한 거울이 아무런 소리도 없이 아무런 부딪힘도 없이 조용하게 땅속으로 들어가고 있었다.

잠시 후, 그야말로 눈 깜짝할 사이에 거울은 땅속으로 사라지고 말았다.

제7장
하늘 닭

　소년이 텔레파시로 시인과 '소리'에게 자리를 권했다. 두 사람은 소년 앞에 앉았다.

　'소리'는 이곳에 있는 사람들이 왜 반인반수인지 그게 참 궁금했다.

　소년이 설명을 시작했다.

　"이곳의 역사는 이천 년도 더 되었어요. 이곳에 있는 반인 반수들은 백 년에서 수백 년에 이르기까지 오랜 세월을 이곳에서 보내야 합니다. 이들도 원래는 사람이었지요. 나도 사람이었어요. 그러나 큰 죄를 지어 이곳에 오게 된 것이랍니다.

"큰 죄라니요?"

'소리'는 소년 앞으로 바싹 다가앉았다.

소년이 입가에 엷은 미소를 띠며 말했다.

"큰 죄란, 다름 아닌 입으로 짓는 죄를 말합니다. 우리들은 세상에 살 때, 다른 사람들에게 많은 상처를 준 사람들입니다. 입으로 나쁜 말을 하거나, 욕을 하거나, 상대방을 괴롭히는 말을 하거나, 상대방을 낮추는 말을 하거나, 상대방의 자존심을 상하게 하는 말을 많이 한 사람들이지요."

"그렇다면 나도 이곳에 와야겠군요. 스스로도 알게 모르게 나쁜 말을 많이 했을 텐데. 그 죄가 그리 큰가요?"

시인이 근심스러운 얼굴로 물었다.

소년은 가만히 고개를 끄덕였다.

"어떤 점에서는 말로 짓는 죄가 다른 어떤 죄보다 더 무거울 수 있습니다. 나쁜 말은 상대방의 가슴을 아프게 할 뿐만 아니라 평생 그 사람의 영혼을 괴롭히니까요. 이곳에 있는 사람들도 세상에 살 때, 말로 짓는 죄를 대수롭지 않게 생각했던 사람들이지요. 아름답고 선의에 가득 찬 말은 상대방에게 용기를 주고 희망을 주지만, 나쁘고 더럽고 악의에 가득 찬 말은 상대방을 절망에 빠뜨리고 분노로 인생을 낭비하게 만들어 버립니다. 이곳에 있는 사람들은 그것을 미처 깨닫지 못했던 사람들이지요."

시인과 '소리'는 풀이 죽은 채 소년의 말을 계속해서 들었다.

"세상을 떠날 때, 입으로 많은 죄를 지은 사람은 따로 이곳으로 오게 됩니다. 그러나 사람의 모습이 아닌, 보신 대로 괴물의 모습으로 오게 되지요. 이곳에 들어서는 순간, 각자는 자신의 의지와는 상관없이 반인반수로 변하게 됩니다."

"그럼 그 동물들은 누가 택했나요? 곰, 사자. 늑대, 사마귀, 뱀 등 동물의 종류가 헤아릴 수 없이 많은데요."

시인이 물었다.

"결국은 자신이 선택하는 거지요. 왜냐하면 자신이 가장 싫어하는 동물과 결합해야 하니까요."

"자신이 가장 좋아하는 동물도 아니고 가장 싫어하는 동물과 결합해야 하다니 너무 끔찍한 것 아닌가요?"

'소리'가 소년을 바라보며 마음으로 물었다.

"그러니까 형벌이지요."

'소리'는 만약에 자신이 이곳에 온다면 어떻게 될까 생각해 보았다. 자신은 쥐를 가장 싫어하니 쥐와 결합될 게 뻔했다. '소리'는 머리를 흔들었다. 쥐와 결합된 자신의 모습을 상상만 해도 구토가 날 지경이었다.

"소리, 너무 겁을 먹지는 말아요. 아직은 모르잖아요."

소년이 웃으며 '소리'를 바라보았다.

시인이 소년에게 물었다.

"당신도 반인반수였나요?"

소년은 고개를 끄덕였다.

"예전에 나도 반인반수였어요. 나는 닭과 결합되어 있었어요. 그래서 이곳에선 나를 하늘 닭이라고 한답니다. 그러나 다행인 건 수행을 통해, 즉 깨달음을 통해 우리는 구원받을 수 있어요. 이곳에 사는 반인반수들은 각자의 동굴 속에서 살고 있어요. 그 동굴 속에서 그들은 백 년에서 길게는 수백 년 동안 수행을 합니다. 우리가 진정한 깨달음을 얻었다는 걸 알 수 있는 것은 아까 보았던 거울을 통해서입니다."

"거울을 통해서라뇨?"

시인이 다급하게 마음으로 물었다.

"일 년에 두 번씩 우리는 저 거울 앞에 설 수 있습니다. 6월 마지막 날과 12월 마지막 날이지요. 그 외에는 어떤 일이 있어도 이 거울은 지상 밖으로 모습을 드러내지 않습니다. 그 날, 해가 지고 횃불을 밝히면 거울은 자동적으로 모습을 드러내게 됩니다. 만약 수행에 어느 정도 진전이 있었다면 거울을 통해서 알 수 있습니다. 왜냐하면 동물의 모습이 어느 정도 사람의 모습으로 바뀌어 있을 테니까요."

"그렇다면 그들이 아까 울었던 까닭은……."

시인의 물음에 소년이 대답했다.

"그렇습니다. 그들 모두 이번에는 깨달음에 진전이 없었습니다. 그래서 슬피 울었던 것입니다. 그들 모두 6개월 후를 기다려야 하겠지요."

소년은 한숨을 쉬었다.

'소리'가 소년을 가만히 바라보았다. 소년의 얼굴이 친구인 민규를 닮았다고 생각했다. 사실 민규는 '소리'가 좋아하고 있는 이웃집 남학생이었다.

소년은 잠시 생각에 잠기는 듯했다.

"나는 이곳에서 250년을 있었습니다. 이제 겨우 죄의 탈을 반쯤은 벗을 수 있게 되었습니다. 그동안 동굴 속에서 내 자신을 많이 돌아보았지요. 세상에서의 내 생활을 생각하고 또 생각했답니다. 나는 여러분이 살던 세상에서는 어린 동자승이었지요. 부모가 버린 아이였어요. 세상에서 버림받은 나는 사랑에 굶주려 있었습니다. 스님들이 잘 돌봐주셨지만, 내 마음은 이미 비뚤어질 대로 비뚤어져 있었답니다. 나는 세상에 대고 욕을 하고 싶었지요. 그러나 차마 스님들이나 어른들에게는 욕을 할 수가 없었어요. 나는 풀숲에 피어 있는 풀을 보고 욕을 했고, 지나가는 개미와 무당벌레, 그리고 나비와 벌, 새들에게도 욕을 퍼부었죠. 그뿐만이 아니었어요. 예쁘게 피어 있는 꽃들에게도 욕을 퍼부었어요. 남들이 보지 않을 때는 큰 소리로, 남들이 볼 때는 마음속으로 말이에요. 난 그때 몰랐어요. 개미와 나비와 새들이, 꽃들과 풀들과 나무들이 마음 아파할 거라는 것, 그들이 상처받을 거라는 것을."

시인과 '소리'는 소년을 가만히 바라보았다.

'개미와 나비와 새들이, 꽃들과 풀들과 나무들이 마음 아파할 거라는 것을, 그들이 상처받을 거라는 것을……'

시인의 마음에, '소리'의 마음에, 큰 구멍 하나가 생기는 것 같았다.

시인은 문득 '소리' 엄마를 생각했다. 그렇게 말렸는데도 떠나버린 사람이었다.

그는 가만히 자신을 돌아보았다. 자신이 '소리' 엄마에게 심하게 대했던 적은 없었는지, 다른 사람에게 말로 상처를 준 일이 없었는지. 언어로 이 세상의 진실을 드러내야 할 자신이 오히려 세상을 욕되게 하는 일은 없었는지, 언어로 사람들의 마음을 따뜻하게 해야 할 자신이 오히려 사람들의 마음을 괴롭힌 적은 없었는지.

그는 갑자기 자신감이 없어졌다. 자기도 나중에 반인반수가 되어 버릴 것만 같았다. '소리' 엄마에게 욕을 해댄 사실이 기억나면서 시인은 가슴이 저려왔다.

'소리' 엄마는 그때 왜 떠나야 했을까? 기어이 공부하러 가겠다고 떠나는 '소리' 엄마에게 그는 위로는커녕 화를 내고 욕설만 퍼부었다.

그나마 '소리' 엄마 소식은 지금은 알 수 없는 상태였다. 이 여행을 시작하기 전까지도 그는 그녀가 어디에 있는지 알 수 없었다.

'소리' 엄마는 프랑스에서 행방불명이 되어 버렸던 것이다.

그녀가 공부하러 떠난 2년 후, 갑자기 소식이 끊어져 버렸다.

시인은 프랑스로 가서 그녀의 행방을 찾으려고 많은 노력을 했지만, 결국 찾을 수 없었다. 그녀의 흔적은 그녀가 살던 작은 아파트에만 조금 남아 있을 뿐이었다.

그녀와 같이 생활했던 사람들에 의하면 그녀는 아주 열심히 공부했다고 한다. 밤늦게까지 도서관에 남아 공부했던 그녀는 아파트에 책만 잔뜩 쌓아 놓은 채 갑자기 어디론가 사라져 버리고 만 것이다.

'언어학'을 공부했던 그녀는 그때 '고대 언어'에 대해서 연구하고 있었는데 부쩍 밤새는 일이 많았다고 했다.

시인은 책상 위에 놓여 있는 손때 묻은 그녀의 책들을 안고 한참을 울었다.

몇 년만 시간을 달라고 애원하던 그녀에게 다시는 돌아오지 말라고, '소리'를 만날 생각은 꿈도 꾸지 말라고 악담을 퍼부었는데. 정말 그녀가 어디론가 사라져 버릴 줄은 몰랐다.

그 후 3개월 동안 각지를 헤매고 돌아다니다가 시인은 '소리' 엄마를 찾는 것을 포기했다. 경찰도 그녀를 찾을 수 없었다.

집으로 돌아오던 날, 시인은 비행기 안에서 마음을 다잡아 먹었다. '소리'를 위해서 마음을 약하게 먹지 않기로 말이다.

'소리'는 생각보다 담담하게 엄마의 실종을 받아들였다. 그동안 엄마의 부재가 '소리'에게 어느 정도 마음의 힘을 키워 준 것인지도 몰랐다.

시인이, 결국 엄마를 찾을 수 없었다고 조심스럽게 말했을 때도, '소리'는 그냥 조용히 앉아 있기만 했다. 잠깐 고개만 끄덕였을 뿐이었다.

그러나 그는 몰랐다. 그때 '소리'가 자신의 방에서 혼자 얼마나 울었는지를 말이다. 엄마가 돌아오기만 기다리고 있던 '소리'에게 엄마의 실종은 하늘이 무너지는 만큼이나 엄청난 일이었다.

'소리'는 알고 있었다.

아빠가 얼마나 힘들어하는지, 아빠가 얼마나 엄마를 그리워하는지. 그래서 표현을 하지 않았을 뿐이다.

'소리'는 엄마가 떠날 때 주고 간 곰 인형을 끌어안았다. 얼마나 만졌던지 이제는 천이 너덜너덜해진 곰 인형, '소리'는 엄마가 그토록 그리웠다.

시인도 그녀가 그만큼 그리웠다.

시인은 오랫동안 생각에 잠겨 있었다.

자신 역시 가장 가까운 사람에게조차도 언어로 위로를 주지 못했다. 사랑을 주지 못했다. 상처만을 주었을 뿐이다.

그에게 끝없는 부끄러움이 밀려왔다.

'나도 나중에 반인반수가 되겠구나. 시인이라는 가면을 쓴 형편없는 인간.'

그는 가슴이 저려왔다. 딸 '소리'를 바라보았다. '소리'도 그를 가만히 바라보았다. 두 사람은 서로의 마음을 알고 있었다. 말하지 않아도 알고 있었다.

소년이 침묵을 깨고 자리에서 일어났다.

"피곤하시지요? 오늘은 이만 쉬고 내일 다시 얘기하기로 합시다."

제8장
동굴 속의 반인반수

시인과 '소리'는 소년의 뒤를 따랐다.

소년은 수많은 동굴들 가운데 한 곳으로 그들을 안내했다.

동굴들은 밖에서 보면 마치 거대한 성처럼 보였다. 두꺼운 갈색의 바위로 이루어진 수많은 동굴들은 마치 미로처럼 서로 연결되어 있었다.

두 사람은 소년이 안내한 곳으로 들어갔다.

동굴은 별로 깊지 않았지만, 안으로 들어서니 차가운 기운이 느껴졌다. 소년이 불을 밝혀주자 방안의 모습이 눈에 들어왔다.

작은 식기들 몇 개와 약간의 음식물이 있을 뿐, 별다른 장

식물은 보이지 않았다.

소년은 가볍게 인사를 하고 곧 동굴을 떠났다.

두 사람은 자리에 털썩 주저앉았다. 참았던 배고픔이 다시 밀려왔다.

식기를 꺼내어 음식을 담아 먹었다. 참외처럼 생긴 과일이 있는데 신맛이 났다. 두 사람은 과일 두 개로 배를 채웠다.

갑자기 끝없는 두려움이 두 사람에게로 밀려들었다. 시인은 딸의 두 손을 감싸 쥐었다. 주변은 너무 고요했고 쓸쓸했다.

시인은 '소리'를 데리고 밖으로 나가기로 용기를 냈다.

"소리야. 밖에 나가 보지 않겠니? 답답하구나."

시인의 수화에 그녀는 고개를 끄덕였다.

그녀도 다른 동굴 방을 둘러보고 싶은 마음이 간절하던 참이었다.

두 사람은 소년이 두고 간, 작은 횃불을 들고 나왔다. 모양이 비슷했기 때문에 나중에 찾지 못할까봐 시인은 동굴 입구에 '소리'의 빨간 머리끈을 걸어 두었다. 두 사람은 조심조심 앞으로 걸어갔다.

수많은 동굴 방 안에서는 아무런 소리도 들리지 않았다.

이렇게 많은 반인반수들이 있는데도 작은 소리 하나 나지 않
다니 정말 이상하다고 두 사람은 생각했다.
　"아빠 무서워요!"
　'소리'가 시인의 팔에 바짝 매달렸다.
　"조금 더 가보자꾸나."

시인은 딸의 손을 잡고 조심조심 발을 옮겼다.

곧 다른 동굴 방의 모습들이 눈에 들어왔다.

각 동굴마다 한 마리씩 반인반수가 들어 있었다. 그런데 그들 모습은 하나같이 꿇어 앉아 기도하는 모습이었다. 표정들이 너무 절실했기 때문에 그들 모습이 거룩해 보이기까지 했다.

상체는 각자 사람 모습이었지만, 하체는 각각 다른 동물들의 몸을 끌어안고 있는 그들. 세상에서는 말로 죄를 지었는지 모르지만 이곳에서의 그들 모습에서 죄지은 자의 표정은 찾아볼 수 없었다.

뱀, 늑대, 거미, 사자, 독수리, 개구리, 하마…….

그들은 그들의 저주스러운 몸통을 보면서 얼마나 깊은 고통의 계곡을 건넜을까? 얼마나 깊은 절망의 바다를 건넜을까?

시인은 가슴이 아려왔다.

100년을, 아니 200년을, 그 이상을 수행해야 저들은 구원받을 수 있을까? 어떻게 깨달음을 얻어야 구원받을 수 있을까!

언어는 빛과 어둠을 드러내는 진실이어야 하는데, 각자의 마음을 비춰주는 밝고도 맑은 거울이어야 하는데…….

시인은 자신이 한없이 부끄러워졌다. 그동안 얼마나 언어를 괴롭히고, 고통스럽게 했는지 비로소 알 것 같았다.

왜 언어를 다스리는 여신 〈나다〉가 깊은 어둠의 동굴 속으로 숨어 버렸는지 알 것 같았다. 왜 그녀가 인간들의 언어를 빼앗고 인간들을 혼란 속에 내버려 두었는지도 알 수 있을 것 같았다.

언어는 '말씀'이었다.

함부로 다루고 내팽개치며 쓰레기처럼 던져버릴 것은 더더욱 아니었다. 쓰다듬고 아끼며 사랑하고 존중해야 할 '말씀'이었던 것이다.

여신은 참고 참았을 것이다. 인간들이 언어를 사랑하게 될 날을, 아끼게 될 날을. 그러나 그날은 오지 않았다. 여신께서 아무리 기다려도 오지 않았다.

시인은 비로소 이해했다. 왜 〈허허〉 사신과 〈비오〉가 우주도서관에서 와야 했는지, 왜 시인과 '소리' 앞에 나타나야 했는지.

시인은 기도하는 반인반수의 모습이 너무 아름다워 넋을 잃고 바라보고 있었다.

'소리'는 시인의 얼굴이 참 평온하다고 생각했다. 여행을 떠난 이후 아빠의 이런 모습은 처음 본다고 생각했다.

'소리'는 반인반수의 나라에 도착한 이후 계속 마음이 편하지 않았다.

이 기괴한 동물들을 처음 봤을 때는 무섭고 끔찍했지만 이상하게도 지금은 부러움까지 느끼고 있었다. 반인반수들이 이곳에 있는 것은 어쨌든 말할 수 있었기 때문에 생긴 일이었다.

'소리'는 태어나서 우주도서관에서 온 사신 〈허허〉를 만나기 전까지 말을 할 수도 없었고 들을 수도 없었다.

'소리'에게 있어 세계는 침묵, 그랬다. 너무 큰 조용함이었다.

아무리 들으려 해도, 아무리 말하려고 해도, 들을 수 없고 말할 수 없는 자의 슬픔.

얼마 전에 우주도서관에서 사신 〈허허〉가 왔을 때 자신이 말을 할 수 있었던 그 놀라움을 '소리'는 아직도 생생하게 기억하고 있었다.

그 뜨거운 감동! 그 아름다웠던 말들…….

입술의 움직임까지도 얼마나 큰 기쁨이었던가. '소리'는 그 순간만 생각하면 정말 행복했다. 듣지도 못하고 말하지도 못하는 자신이 뜻밖에 〈허허〉 사신의 방문을 받고 여행을 떠나게 되다니.

사실 '소리'는 너무나 간절하게 원하고 있었다. 자신이 우주도서관의 사신 〈허허〉의 말처럼 〈말씀의 거울〉을 찾아내어 이 세상의 혼란을 막을 수 있기를. 언어를 다시 사람들에게로 돌려주는데 자신이 작은 도움이라도 될 수 있기를 간절하게 바라고 또 바라고 있었다.

'소리'는 동물의 몸을 하고 가만히 기도에 열중하고 있는 반인반수의 모습을 바라보았다.

나쁜 말을 해서, 욕을 해서, 다른 사람들에게 상처를 주는 말을 해서 이곳에 오게 된 이들…….

'소리'는 욕이라도, 나쁜 말이라도 좋으니 한 번만이라도 말할 수 있었으면 좋겠다고 생각한 자신을 돌이켜 보았다.

만약 자신도 태어날 때부터 말할 수 있었다면 어쩌면 이곳에 오게 되었을지도 모른다는 생각을 했다.

비록 반인반수의 몸으로 이곳에서 형벌을 받아도 좋으니 말을 하게 될 수만 있다면, 말을 하게 될 수만 있다면…….

‘소리’는 손으로 입술을 만져 보았다.

‘나도 말하고 싶다. 나도 말하고 싶다. 비록 반인반수가 된다 하더라도…….’

‘소리’는 갑자기 눈물이 솟구쳐 올랐다.

아빠에게 들킬까 봐 ‘소리’는 얼른 고개를 돌렸다. 시인은 ‘소리’의 마음을 알고 있었을까, 그는 조용히 딸의 등을 두드려 주었다.

두 사람은 한참 동굴의 이곳저곳을 돌아다녔다. 어느 곳 하나도 흐트러진 곳이 없었다. 그들은 모두 기도에만 몰입하고 있을 뿐이었다.

동굴 방을 둘러본 두 사람은 밖으로 걸어 나왔다.

사방이 완전한 어둠 속에 가라앉아 있었다.

제9장
도서관에서

　다음 날 아침, 두 사람은 일찍 잠에서 깨어났다. 몹시 피곤했는데도 이상하게 잠을 이룰 수 없었다.

　시인은 '소리'를 이끌고 동굴 밖으로 나왔다.

　아침인 것 같지 않게 주위는 어슴푸레한 빛으로 채워져 있었다.

　반인반수의 무리들이 어디론가 가고 있었다.

　두 사람도 곧 그들의 뒤를 따라가 보았다.

　그들은 동굴 앞쪽에 있는 푸른색의 커다란 원형 건물 안으로 들어갔다.

　'소리'도 무슨 건물일까 무척 궁금해하며 건물 안으로 들어

섰다.

그 건물 안쪽으로 들어서자마자 곧 원형의 엘리베이터가 나타났다.

반인반수들은 질서정연하게 엘리베이터를 타고 있었다.

시인과 '소리'도 차례를 기다려 엘리베이터에 탔다.

그들을 발견하고 말을 걸거나 특별한 행동을 하는 이들은 없었다.

두 사람은 어제도 보았지만, 오늘 다시 반인반수를 보니, 너무나 많은 종류에 놀랐다. 거미에 악어, 까마귀, 여우, 고슴도치와 전갈까지 있었다.

동물의 종류에 따라 사람들의 키 크기와 몸집의 크기도 차이가 많이 났다.

엘리베이터 안은 넓었고 속도도 빨라서 시인과 '소리'는 곧 가장 높은 곳에서 내렸다. 그들은 내리자마자 큰방으로 반인반수들을 따라 들어갔다.

방안에 들어서자마자 두 사람은 깜짝 놀랐다. 그곳은 도서관이었다. 원형의 넓은 홀 바깥쪽을 돌아가며 수많은 책들이 꽂혀 있었다.

몇천 권, 몇만 권, 아니 몇십만 권, 이 세상의 책들은 모두 다 여기에 와 있는 것 같았다. 시인과 '소리'는 방의 규모와 책의 수에 압도되어 입을 쩍 벌리고 말았다.

더군다나 그곳에는 수만 명의 반인반수들이 책상에 앉아 모두들 책 읽기에 열중하고 있었다. 이렇게 아름다운 모습을 본 적이 있었나 싶었다.

둘은 그들에게서 빛이 뿜어져 나오는 것을 느낄 수 있었다.

두 사람은 한참동안 넋을 잃고, 책 읽기에 열중하고 있는 반인반수들을 바라보았다.

잠시 후 두 사람은 정신을 차리고 조심조심 서가 쪽으로 다가갔다.

문학, 철학, 종교, 심리학, 어학, 사회학, 화학, 생물학, 물리학, 지구 과학, 미술, 음악, 교육학, 연극, 영화에 이르기까지 시인이 접했던 모든 종류의 책들이 그곳에 꽂혀 있었다.

책 읽기를 좋아했던 두 사람은 마치 천국에 온 기분이 들었다.

이곳을 떠나기 싫었다. 여기에서 영원히 책만 읽고 있었으면 좋겠다, 두 사람은 그런 생각을 하고 있었다.

시인과 '소리'는 즐겁게 책을 읽었다.

'소리'도 오랜만에 대하는 책들이라 무척 즐거웠다. 특히 미술책이 가장 마음에 들었다.

두 사람이 책 속에 빠져 있는데 반인반수들이 움직이는 소리가 들렸다.

모두들 다른 곳으로 이동하는 것 같았다.

시인과 '소리'는 황급하게 자리에서 일어나 그들 뒤를 따랐다.

반인반수들은 다시 엘리베이터를 타고 그 건물의 맨 밑으로 이동했다. 그곳은 식당이었다.

그러고 보니 시인과 '소리'도 아침을 먹지 않았던 것 같다. 갑자기 배가 고팠다.

식탁 위에는 이미 음식이 차려져 있었다. 자리에 앉고 보니 음식이랄 것도 없는 초라한 상차림이었다. 어젯밤에 먹었던 과일 한 개와 마른 빵 한개가 전부였다. 하지만 배가 너무 고팠기 때문에 두 사람은 허겁지겁 음식을 먹어치웠다. '소리'가 다 먹고 나서 배고프다고 시인에게 수화로 말하자 시인은 마음이 아팠다. 여행을 떠난 후 한 번도 제대로 식사를 한 적이 없었기 때문이었다. 시인 자신도 몹시 배가 고팠다. 시인은 혹시 남은 음식이 없나 자리를 둘러보았다. 그러나 음식은 하나도 남아 있지 않았다.

시인은 음식을 먹고 있는 반인반수들을 둘러보았다. 역시 아무 말이 없이 그냥 식사만 하고 있었다. 서로들 마주 앉아 있었지만, 앞사람에게 눈길 한 번 주지 않았다. 대화가 전혀 없었다.

시인은 문득 이상하다고 생각했다.

대형거울 앞에서 절규할 때를 제외하고는 그들의 목소리를 들어본 적이 없었다.

기도할 때도, 책을 볼 때도, 식사할 때도, 그리고 걸을 때조차도 그들은 서로에게 아무 말도 하지 않았던 것이다.

이 계속되는 침묵이 갑자기 시인을 숨 막히게 했다.

이들은 왜 아무 말도 하지 않는 걸까?'

답답했지만 그들에게 말을 붙여볼 수도 없었다. 손짓 발짓으로라도 대화를 하고 싶었지만 어느 누구도 시인과 '소리'에게 눈길 한 번 주지 않았다.

제10장
절벽에서

식사가 끝나고 두 사람은 반인반수들을 따라 밖으로 나왔다. 잠시의 휴식 시간인 것 같았다. 두 사람도 바깥으로 나와서 산책을 좀 하기로 했다. 이곳이 어떤 곳인가 몹시 궁금했기 때문이다.

날씨는 여전히 안개가 낀 듯 어둡고 눅눅했다. 이곳은 아마도 해가 잘 비추지 않는 곳인 듯했다. 해님도 이곳을 유배의 땅이라 비추기를 거절했을까? 풀 한 포기, 나무 한 그루 없는 메마른 땅을 걷고 있자니 고향 집이 생각났다. 햇살 따뜻하고 꽃들과 나무가 많은 집이 생각났던 것이다.

'소리'는 문득 마당에 피어 있던 붓꽃을 떠올렸다. 보라색

붓꽃을 이곳에 가득 심는다면 얼마나 좋을까? 이곳에 있는 이들의 얼굴이 조금은 밝아질 듯싶었다.

마당에 있는 꽃들과 나무에 물주기는 항상 '소리'의 몫이었는데 이렇게 오랫동안 집을 비워 꽃들과 나무들이 목말라할 것 같아 무척 걱정이 되었다.

꽃들과 나무들이 없는 황량하고 척박한 땅에서 계속 자신의 죄를 속죄해야 하는 저들이 한없이 가여웠다.

말없이 먼 곳을 응시하고 있는 그들을 바라보니 시인은 그들의 손이라도 따뜻하게 잡아 주고 싶었다. 그러나 그들 앞으로 다가가도 그들이 눈길을 전혀 주지 않았기 때문에 두 사람은 몇 번이나 다가갔다가 발길을 돌리는 수밖에 없었다.

두 사람은 마음을 돌리고 그냥 무작정 앞으로 걸어갔다.

그곳은 놀랍게도 낭떠러지였다. 반인반수들이 사는 곳의 끝인 듯싶었다. 시인과 '소리'는 낭떠러지 앞에서 조심조심 아래를 내려다보았다. 그러다 두 사람은 깜짝 놀랐다. 반인반수들의 시체가 겹겹이 쌓여 있었다.

너무 놀라 '소리'는 발을 헛디딜 뻔했다.

"이럴 수가!"

시인은 '소리'를 꽉 잡고 뒤로 물러섰다.

그때였다. 갑자기 뒤에서 시끄러운 소리가 들렸다.

돌아보니 악어 몸을 가진 남자 반인반수와 거미 몸을 가진 여자 반인반수가 서로 껴안고 울부짖고 있었다.

그들 사이에 슬픈 사연이 있어 보였지만, 가까이 가지 못하고 시인과 '소리'는 뒤에서 바라보고만 있었다.

한참을 울던 두 반인반수는 서로를 한참 애절한 눈빛으로 바라보았다. 얼마나 시간이 흘렀을까? 거미인간이 갑자기 말을 하기 시작했다. 무슨 말인지 알아들을 수 없었지만 그녀는 열심히 말을 하려고 애쓰고 있었다. 그런데 이해할 수 없는 것은 악어인간의 행동이었다.

거미인간의 입을 갑자기 틀어막고 주위를 살펴보는 것이었다. 그러다 시인과 '소리'를 발견하고 소스라치게 놀랐다. 그들은 미처 시인과 '소리'를 발견하지 못했던 것이다.

그러나 남자 반인반수의 행동에도 아랑곳하지 않고 여자인 거미인간은 계속해서 말을 하려고 몸부림쳤다. 악어인간은 한동안 여자의 행동을 말리더니 갑자기 거미인간의 입에서 손을 뗐다. 그리고 그도 갑자기 말을 하기 시작했다.

그들의 눈에서 눈물이 흘러내리기 시작했다.

시인과 '소리'는 그들을 바라보며 가슴이 아려오는 것을 느낄 수 있었다.

'왜 저럴까? 왜 저럴까!'

'소리'는 시인에게 마음이 아프다고 수화로 말했다.

시인이 고개를 끄덕였다.

그때였다. 악어인간과 거미인간이 한 걸음씩 한 걸음씩 절벽으로 다가갔다.

그들은 마침내 낭떠러지 맨 끝자락에 섰다.

시인과 '소리'는 깜짝 놀라 그들 앞으로 달려갔다. 악어인간과 거미인간은 낭떠러지 아래를 한참 바라보더니 갑자기 밑으로 몸을 날렸다. 그때와 때를 같이해서 시인도 앞으로 몸을 날렸다. 간신히 거미인간의 다리를 잡을 수 있었다.

이미, 악어인간은 아래로 떨어지고 있어서 도저히 잡을 수 없었다.

"아빠!"

'소리'가 놀라서 절벽 앞으로 뛰어왔다.

시인은 절벽에 엎드린 채 아슬아슬하게 거미인간의 몸을 잡고 있었다. 거미인간은 오히려 아래로 떨어지려고 몸부림을 치고 있었다. 시인의 몸이 점점 아래로 딸려가고 있었다.

'소리'는 엎드려 아빠의 발과 다리를 꽉 움켜잡았다.

거미인간은 더 발버둥을 쳤고 시인의 팔에서는 힘이 떨어지고 있었다.

'아빠보고 거미인간의 발을 놓으라고 할까?'

'소리'는 순간적으로 그런 생각을 했다. 그러다 머리를 흔들었다. 그럴 수는 없다고 생각했다.

'아냐 더 힘을 내보자!'

'소리'는 입술을 꽉 깨물고 아빠 다리를 끌어당겼다.

그러나 거미인간은 살고 싶은 생각이 이미 다 없어진 듯 더욱 거세게 몸부림을 치고, 시인과 '소리'는 거미인간에게 끌려 마침내 절벽 아래로 떨어지고 있었다.

시인은 순간적으로 '소리'를 돌아다보았다.

"안 돼! 소리만은, 소리만은 절대로 안 돼!"

그러나 이미 '소리'도 아래로, 아래로 떨어지고 있었다.

두 사람에게 끝없는 현기증이 몰려왔다. 그리고 꿈속인 듯 언뜻, 멀리서 날개 치는 소리가 들렸다.

"그래! 날고 있는지도 모른다. 우리는 지금 날고 있는 것인지도."

　시인은 이런 생각을 하면서 한없는 잠 속으로 빠져들었다. 그리고 누군가 자신의 몸을 붙잡았다고 느끼는 순간, 정신을 잃어버렸다. 마음속으로 끊임없이 '소리'를 외치면서.

제11장
구원

'소리'는 긴 꿈을 꾸고 있었다. 넓고 긴 강을 건너는 꿈이었다. 가도 가도 끝이 없는 안개에 적셔진 강이었다.

누군가 저 멀리서 날아오는 것이 보였다. 붉고 황금색을 띤 찬란한 날개가 퍼덕이고 있었다.

'참 큰 새가 다 있구나.'

새는 점점 더 가까이 다가오고 있었다.

그리고 그 큰 날개로 자신의 몸을 완전히 덮어버리는 것이었다.

"안 돼!"

'소리'는 자리에서 벌떡 일어났다. 머리가 많이 아팠다.

주위를 둘러보았다. 소년이 커다란 황금빛 날개를 펼친 채 '소리'를 쳐다보고 있었다.

'소리'는 잠시 멍해졌다. 그러다 '하늘 닭'이라는 것을 알아차렸다. 반인반수의 나라에서 만난 소년이었던 것이다.

'소리'는 '하늘 닭'을 바라보다 갑자기 아빠를 생각해냈다.

'분명히 절벽 아래로 떨어졌는데…….'

'소리'는 주위를 두리번거렸다.

'아빠, 아빠…….'

'소리'는 나오지 않는 목소리로 미친 듯 꺽꺽거리며 아빠를 외쳐 불렀다.

소년이 '소리'를 일으켜 세워 주었다. 그리고 쓰러져 있는 시인 곁으로 데려다 주었다.

시인은 땅바닥에 쓰러져 있었다. '소리'는 시인을 애타게 흔들어 깨웠다.

'소리'는 시인이 아무 반응이 없자, 죽은 것으로 생각했다. 그래서 시인에게 쓰러져 흐느껴 울기 시작했다.

얼마나 시간이 흘렀을까? 시인의 몸이 움찔, 움직이더니 천천히 자리에서 일어났다.

"소리야!"

시인도 놀란 모양이었다.

"어떻게 된 일이니! 여기가 어디지?"

시인이 말을 하지 않았는데도 소년이 옆에 있어서 그런지 아빠 마음을 읽을 수 있었다.

"아빠, 아까 그곳이에요. 반인반수의 나라예요. 우린 살았어요. 하늘 닭이 우릴 살려 주었어요."

'소리'는 텔레파시로 말을 했다.

시인은 소년을 올려다보았다.

소년이 황금빛 날개를 단 채 환하게 웃고 있었다. 시인도 환하게 웃었다.

시인은 거미인간에 대해서 소년에게 물었다.

"죽었나요?"

소년은 고개를 흔들었다.

"그녀는 죽지 않았어요. 당신이 그녀를 살렸어요. 그녀는 그녀의 동굴로 돌아갔어요. 그러나 그녀는 예전보다 더 많이 시련을 참고 견디며 수행을 하게 될 거예요."

소년이 손을 내밀었다. 시인은 소년의 손을 잡고 자리에서 일어나 앉았다.

시인은 고개를 숙여 인사했다.

"당신이 우리를 살렸군요. 내 딸을 구해줘서 고마워요."

시인이 '소리'를 바라보며 활짝 웃었다.

"아녜요. 당신이 딸을 구했어요. '소리'가 당신을 구하기도 했고요."

소년이 말했다.

시인은 여전히 미소를 지은 채 말했다.

"당신이 하늘을 날아서 우리를 구해준 것 아닌가요?"

"물론 그렇기는 합니다만, 당신이 거미인간의 다리를 놓지 않았기 때문에, 소리가 당신의 다리를 놓지 않았기 때문에, 다 살 수 있었던 거지요. 만약 당신이, 소리가, 거미인간을 구하려 하지 않았다면 당신들 두 사람은 이미 목숨을 잃었을지도 모릅니다. 하지만 두 사람 다 자신의 목숨을 내놓고 거미인간을 구하려고 했기 때문에 살 수 있었던 거지요."

시인과 '소리'는 놀라 소년을 바라보았다.

"우주도서관의 사신 〈허허〉께서 다 보고 계시다는 것을 잊지 마세요. 그리고 당신들의 일이 아직 끝나지 않았다는 것도."

"거미인간은 어쩌다가……."

"이곳 반인반수의 나라에서는 말을 못하게 되어 있습니다. 눈치는 채고 계셨겠지요. 아까 당신들이 만난 악어인간과 거미인간은 세상에 살 때, 서로 연인 사이였어요. 그러나 부모님의 반대로 두 사람은 헤어지게 되었습니다. 헤어질 때 두 사람은 서로에게 심한 말을 해서 상처를 주었지요. 이곳에서 만난 두 사람은 서로를 알아보았어요. 그리움이 사무쳤겠지요. 하지만 이곳에서 말을 할 수는 없습니다. 만약 이것을 어기고 말을 하게 되면 천 년 동안 어둠의 감옥 속에 갇히게 됩니다. 그곳에서는 어떠한 자유도 허락되지 않고 오로지 두려움만이 그들을 지배하게 되어 있습니다. 그것을 그 두 사람도 잘 알고 있었습니다."

"그러나 너무 그리웠던 나머지 거미인간이 사랑의 말을 전하려고 했던 것이지요?"

시인이 안타까운 눈빛으로 물었다.

"예. 악어인간은 거미인간을 구하려고 말을 못하게 했던 것이고, 그러다 두 사람은 너무 괴로운 나머지 절벽으로 떨어져 목숨을 끊으려고 했어요. 그러나 안타까운 것은 목숨을 끊는다고 해서 고통이 끝나는 것은 아니랍니다."

"예?"

'소리'가 놀란 눈으로 쳐다보았다.

"절벽 아래에 쌓여 있는 수많은 시체들을 보셨겠지요. 그들은 이제 영원히 구원받을 수 없게 될 것입니다. 영원한 형벌에 비하면 이곳에서의 백 년 수행은 너무나 쉬운 것인데 말하고 싶은 유혹을 견디지 못하거나, 혹은 침묵이 너무 두려워서 많은 반인반수들이 죽음을 선택합니다. 그 길이 더 고통스럽다는 것을 알면서도 말입니다."

시인과 '소리'는 소년의 이야기를 듣고 나서 더욱 가슴이 아팠다.

한동안 아무 생각 없이 가만히 하늘만 바라보았다.

"자! 이것으로 이곳에서의 여행이 끝났습니다. 당신들은 또 하나의 초록 구슬을 얻게 될 것입니다. 부디 끝까지 여행을 마칠 수 있게 되기를 바랍니다."

소년이 손을 내밀었다.

'소리'가 소년의 손을 잡으며 마음속으로 말했다.

"아빠와 저의 목숨을 구해주셔서 고맙습니다."

소년이 빙긋이 웃었다.

"소리, 당신을 만나서 기뻤어요. 이곳에서의 일을 잊지 마세요. 잘 가요."

시인과 '소리'는 '하늘 닭'에게 작별인사를 했다.

두 사람은 반인반수들이 하루 빨리 진리의 길에 들어서기를 기도했다.

두 사람이 동굴에 잠깐 다녀왔더니 '하늘 닭'은 보이지 않았다.

'소리'는 서운했다. 끝까지 기다려주지 않고. 사방을 둘러보았으나 도서관도, 반인반수들도 그들의 동굴도 보이지 않았다.

갑자기 그 세계가 사라져버린 것 같았다.

두 사람은 길 하나가 외롭게 펼쳐져 있는 입구에 서 있었다.

그들은 손을 잡고 앞으로 걸어갔다.

'하늘 닭 안녕, 반인반수여 안녕……'

'소리'는 마음속으로 그들에게 작별 인사를 했다.

저쪽 호수에서 녹색가슴새가 날아오고 있었다. 잠시 후 '소리'는 녹색가슴새가 떨어뜨려 준 황토색 돌판을 받았다. 그리고 녹색 이파리로 쌌더니 그것은 곧 초록 구슬로 변했다.

제12장
호수 위에 떠오른 영상

시인과 '소리'는 여행을 계속했다.

길은 외길이고 황금색의 땅이 계속 이어졌다.

길 양옆으로 빨간색의 나무들이 줄지어 서 있었다. 나무 등치도, 가지도, 잎도 모두 빨간색이었다.

꽃은 없었지만, 빨간색의 나무라도 있었기 때문에 시인과 '소리'는 오랜만에 편안한 기분이 들었다.

길은 한참 이어졌다.

두 사람이 지루할 때쯤, 갑자기 검은 새들이 나타났다. 모두 수백 마리는 족히 되어 보였다.

그들은 까마귀도 아니고 까치도 아니었다.

머리에 뿔이 하나씩 달린 이상한 새였다. 크기는 독수리만했지만 눈빛은 오히려 독수리보다 더 무서웠다.

시인과 '소리'는 갑자기 날아든 검은 새들 때문에 잔뜩 긴장이 되었다.

혹시 <마음을 잃은 자>가 다시 찾아오는 게 아닐까, 시인은 몹시 걱정이 되었다.

'너무 걱정하지 마, 아빠가 지켜줄게!'

시인은 '소리'의 어깨를 다독거려 주었다.

검은 새들은 마치 시인과 '소리'를 인도하는 것처럼 두 사람 앞에서 천천히 날았다. 두 사람은 마치 죽음의 새를 따라가는 것처럼 겁이 나고 무서웠다.

'소리'는 아빠 안경 속의 눈이 커진 것을 보면서 더욱 걱정이 되었다.

그때였다.

검은 새들이 이상한 소리를 냈다.

두 사람은 깜짝 놀라 하늘을 쳐다보았다.

수백 마리의 새들이 원을 그리며 하늘에서 뱅뱅 돌고 있었다.

그들은 규칙적으로 휘파람 같은 소리를 내며 하늘을 맴돌고 있었다.

한참 후 새들은 갑자기 소리를 멈추고 모두 아래로 머리를 향했다.

두 사람은 무슨 일인가 하고 앞을 바라보았다.

어느새 두 사람 앞에 호수가 나타나 있었다.

두 사람은 깜짝 놀랐다.

'소리'가 아빠에게 수화로 말했다.

"아빠! 언제 호수가 생겼죠?"

"글쎄다!"

호수의 크기는 마치 커다란 산도 삼킬 만큼 거대했다.

그러나 맑은 호수는 아니었다. 호수의 색깔은 탁하고 깊어 보였다.

호수가 갑자기 부글거리기 시작했다.

검은 거품이 뿌글거리더니 호수 속에서 뭔가 솟아오르기 시작했다. 처음에는 둥근 공인 줄 알았는데 자세히 보니 사람의 머리였다.

하나… 둘… 셋…….

사람의 머리가 호수 속에서 솟아오르고 있었다.

'소리'와 시인은 이렇게 이상한 광경은 처음 보았다.

많은 사람들이 시커먼 호수 속에서 솟아오르고 있었던 것이다.

하나같이 검은 옷을 입은 사람들이었다.

남자, 여자, 노인, 아이들에 이르기까지……. 그 수는 헤아릴 수 없을 정도였다.

그들은 모두 호수 밖으로 걸어 나와 호숫가에 한 사람씩 나란히 일렬로 줄을 이루어 앉았다. 그 많은 사람들이 다 앉을 수 있다는 게 신기했다.

검은 새들이 일제히 하늘로 날아올랐다.

잠시 침묵이 흘렀다.

'소리'와 시인은 무슨 일이 일어날까 긴장되어 그들을 계속 쳐다보았다.

갑자기 호수 위로 짙은 안개가 피어올랐다.

그러더니 호수 속에서 무지갯빛 영상이 만들어지기 시작했다. 그런데 그 영상들은 사람들마다 다 다른 내용들이었다.

사람마다 각각 텔레비전 한 대씩을 가지고 각각 다른 프로그램을 보고 있는 것 같았다. 수많은 텔레비전이 물 위에 떠 있는 모습이라니…….

그러나 그 영상들은 즐겁거나 유쾌한 영상들이 아니었다.

고통스럽고, 개인에게는 생각하기조차 싫은 기억을 떠올리는 치욕의 영상들이었다. 검은 옷을 입은 사람들의 표정은 차가웠고, 가끔 얼굴을 찡그리기도 했다.

그들은 세상에서 살 때, 자신들의 거짓말한 행적을 지금 영상으로 보고 있는 것이었다.

예전의 자신의 잘못된 행동들을 영상으로 보면서 사람들은 많이 괴로워했다. 그 모습을 지켜보면서 시인의 마음이 많이 무거워졌다. 그러나 영상들은 많은 화면을 보여주지는 않았다.

한 사람당, 한가지의 거짓말만을 보여주었다. 시인은 끔찍하다고 생각했다. 사람이 살면서 단 한 가지의 거짓말만 하지는 않았을 텐데. 앞으로 저런 영상을 얼마나 더 보아야 한다는 말일까!

시인은 갑자기 두려워졌다. 이 자리를 자꾸만 피하고 싶었다.

정치인이 국민들에게 거짓말하는 모습, 목사가 신자들을 속이고, 의사가 환자에게 거짓말하는 모습, 전문 사기꾼이 사람들에게 사기를 치는 모습도 있었다. 더구나 선생님이 제자에게 거짓말하고, 제자가 선생님에게 예사로 거짓말하는 영상까지 있었다.

시인이 알고 있는 사회 모든 계층의 사람들이 다 거짓말 때문에 이곳에 모여 있는 것 같았다. 어쩌면 이 세상의 모든 사람들이 다 이곳에 모여 있어야 할지도 모른다고 그는 생각했다.

그때였다. 시인이 생각 속에 빠져 있을 때, 호수 위에 떠 있던 영상들이 갑자기 호수 속으로 사라졌다. 각각의 텔레비전이 다 꺼져버린 것이다.

앉아 있던 사람들이 하나둘씩 천천히 일어섰다. 그들의 표정은 무척 슬퍼 보였다. 이어서 그들은 호수 뒤편으로 걷기 시작했다.

검은 새들이 그들의 머리 위를 뱅뱅 돌았다. 검은 새는 이마에 난 뿔을 흔들며 계속해서 사람들 머리 위를 뱅뱅 돌고 있었다.

시인과 '소리'는 이들 뒤를 따라가다 문득 이 길이 자신들이 조금 전에 지나왔던 길임을 알아보았다.

얼마나 갔을까? 사람들과 검은 새들이 갑자기 빨간 나무 앞에 멈추어 섰다. 그리고 나무 한 그루 앞에 한 사람씩 늘어

섰다.

검은 새는 이제 하늘 높은 곳으로 날아가 버렸다.

제13장
불타는 나무와 난쟁이

사람들이 모두 빨간 나무 앞에 서자, 갑자기 빨간 나무에서 불길이 솟아오르기 시작했다.

그러자 뜻밖에도 불이 솟아오르는 빨간 나무 안에서 난쟁이들이 쏟아져 나왔다. 그 난쟁이들은 모두 피부색이 달랐다. 빨간색 난쟁이에서부터 보라색 난쟁이, 노란색 난쟁이, 파란색 난쟁이에 이르기까지 온갖 색깔의 난쟁이들이 모두 커다란 주머니를 하나씩 들고 나무 안에서 뛰쳐나왔던 것이다. 사람들은 그 주머니를 빼앗으려고 안달이었다. 하지만 난쟁이들은 계속해서 약을 올리며 이리저리 사람들을 피하는 것이었다.

시인과 '소리'는 도대체 무슨 일인가 싶어 점점 더 앞으로 다가갔다.

그런데 난쟁이 한 사람의 주머니가 사람들 무게에 눌려 터지고 말았다. 그러자 갑자기 사람들이 하나둘씩 쓰러지기 시작했다. 그 주머니 안에 잠 귀신이 들어 있었던 것이다. 사람들은 너무 힘들어서 그냥 잠들기를 바랐던 것이리라. 하지만 그 잠 귀신은 예사 귀신이 아니었다. 잠드는 즉시 그 사람들의 몸이 변하기 시작했다. 몸의 형체가 없어지면서 뼈만 남게 되는 것이었다. 그러나 사람들은 뭔가에 중독된 것처럼 난쟁이들에게로 다가갔다.

시인은 마음이 다급해졌다. 이것저것 생각할 겨를이 없었다. 그냥 난쟁이에게로 달려들었다. 보라색 난쟁이에게 달려들어 잠 주머니를 풀지 못하게 하느라고 싸우는 동안 '소리'는 노란색 난쟁이에게 달려들었다.

"조심해, 소리야."

"아빠, 알았어요."

두 사람은 마음속으로 말했다.

보라색 난쟁이와 몸싸움을 한참 하는데 사람들은 점점 더 많이 쓰러져가고 있었다. 시인은 순간, 생각나는 것이 있어서 녹색 뱀에게서 받은 초록색 잎사귀를 보라색 난쟁이 몸에 갖다 댔다. 그러자 놀랍게도 보라색 물이 터져 나오면서 난쟁이의 몸이 사라지기 시작했다. 시인은 재빨리 '소리'에게로 다가가 초록색 잎사귀를 노란색 난쟁이 몸에 갖다 댔다. 역시 그 난쟁이도 노란색 물을 뿜어내며 사라지고 있었다. 두 사람은 이리저리 정신없이 뛰어다니며 난쟁이들 몸에 초록색 잎사귀를 갖다 댔다.

그러자 난쟁이 몸에서 흘러나온 각각의 색깔들이 서로 뭉글거리며 어떤 큰 형체를 이루기 시작했다. 그리고 잠시 후, 놀랍게도 〈마음을 잃은 자〉의 모습이 나타났다. 사방에는 이미 악취가 진동하고 있었다. 바로 검은 털귀였다.
'소리'와 시인은 두려움에 떨었다.

"너희들이 감히……."
검은 털귀가 그 지옥 같은 입을 벌리자 악취가 두 사람의 정신을 마비시키는 것 같았다. 두 사람은 땅바닥에 털썩 주저앉았다.

"거짓말한 많은 영혼들을 내가 데리고 갈 수 있었는데. 너희들 때문에 내 계획에 차질이 생겼다. 괘씸한 것들! 너희들을 가만히 놔두지 않겠다."

검은 털귀는 갑자기 귀를 펄럭이더니 수없이 많은 검은 털들을 사방에 흩뿌리기 시작했다.

그 털들은 곧 수많은 바늘이 되어 시인과 '소리'에게로 날아왔다.

바늘 몇 개가 시인의 팔에 꽂혔다. 시인의 몸이 시퍼렇게 변하기 시작했다. 팔이 굳어지는가 싶더니 이내 정신이 희미해졌다. 그러나 그 와중에도 시인은 '소리'를 구해야겠다는 생각을 하고 있었다. 시인은 엉금엉금 기어서 '소리'에게 다가갔다. 그리고 날아오는 바늘을 맞으며 딸의 몸을 가렸다. '소리'는 시인을 붙잡고 울부짖었다. 이러다 시인이 죽을 것만 같았다.

'소리'는 시인을 힘겹게 밀쳐내고 바늘을 쏟아내고 있는 검은 털귀에게로 다가갔다. 그리고 겁도 없이, 지옥처럼 아득한 털귀의 입에다 녹색 뱀에게서 받은 녹색 이파리를 갖다 댔다. 온몸이 떨렸지만 간신히 녹색 이파리를 털귀의 입에 밀어 넣은 '소리'는 땅바닥에 털썩 주저앉았다. 갑자기 검은 털귀가 바늘을 쏟아내는 것을 멈추었다.

"아!"

검은 털귀의 몸 색깔이 흰빛으로 조금씩 변하고 있었다. 그의 빨간 눈빛이 이글거리더니 갑자기 온 세상이 빨간 안개로 뒤덮이는 것 같았다. 어느새 검은 털귀의 몸이 마치 팽창하는 풍선처럼 점점 더 커지고 있었다. 그러다 한순간, 털귀의 모습이 보이지 않았다.

시인은 '소리'를 부둥켜안은 채 정신을 잃고 말았다.

제14장
녹색 뱀과의 재회

햇볕이 따갑게 느껴졌다.

두 사람은 깜짝 놀라 눈을 떴다.

녹색 뱀이 두 사람을 바라보고 있었다.

"꿈꾸는 눈!"

'소리'가 크게 외쳤다. 다시 자신의 말소리가 들렸다. 말을 할 수 있게 된 것이다. 녹색 뱀과 같이 있을 때는 말을 할 수 있다는 게 신기하고 고마웠다.

"내가 다시 만날 거라 했잖아요. 움직이지 말아요. 두 사람 다 심각한 상처를 입었어요. 회복되려면 시간이 좀 걸릴 것 같아요."

그제야 '소리'는 자신의 몸을 내려다보았다. 온 몸이 시퍼렇게 멍이 들고 퉁퉁 부어 있었다. '꿈꾸는 눈'이 그랬는지 온 몸이 초록 잎사귀들로 가득 덮여 있었다. 시인도 마찬가지로 온 몸이 퉁퉁 부은 채 '소리'를 바라보고 있었다.

"아무래도 안 되겠어요. 〈비오〉를 불러야겠어요. 상처가 너무 깊어 〈비오〉가 와서 치료를 해야 할 것 같아요."

"너도 〈비오〉를 아니?"

녹색 뱀은 고개를 끄덕였다.

"〈비오〉, 내려와. 네가 필요해."

녹색 뱀이 하늘을 향해 말하는 순간, 어느새 무지갯빛 우산을 든 〈비오〉가 시인과 '소리' 앞에 와 있었다.

"〈비오〉"

'소리'가 반갑다는 듯 〈비오〉에게 인사를 했다.

〈비오〉가 하얗게 웃었다.

그녀는 곧 무지갯빛 우산을 활짝 펼쳐들고 시인과 소리의 몸 위로 갖다 댔다. 그러자 놀랍게도 그 안에서 물이 쏟아졌다. 그 물을 맞는 순간, 소리와 시인은 심한 통증을 느꼈다.

"좀 고통스러울 거예요. 하지만 조금만 참아보세요."

〈비오〉가 다정하게 말했다.

얼마나 물을 뒤집어썼을까? 두 사람의 몸에서 노란 연기가 모락모락 피어 올랐다.

"아! 이제 치료되고 있어요. 정말 다행이에요. 혹시나 상처가 너무 깊어서 치료가 되지 않으면 어떡하나, 걱정을 많이 했는데 정말 다행이에요."

〈비오〉가 밝은 목소리로 말했다. 두 사람은 조금 안심이 되었고 이내 잠이 들었다.

얼마나 시간이 흘렀을까? 발바닥에 뭔가 차가운 감촉이 느껴졌다. 두 사람은 눈을 떴다. 녹색 뱀이 둘을 내려다보고 있었다.

"이제 일어나세요. 다 나았어요."

'소리'는 자리에서 벌떡 일어났다.

"〈비오〉는?"

"갔어요. 우주도서관에. 앞으로 다시 만나게 되겠죠."

"정말 그럴 수 있을까?"

'소리'는 〈비오〉의 팔랑거리는 그 황금빛 날개를 다시 볼 수 있을지, 걱정이 되었다.

"자 이제 이곳을 떠날 시간이 다 되었군요. 이번에는 내가 당신들과 함께 갈 거예요."

녹색 뱀이 '소리'와 시인에게 말했다.

"시간이 많지 않답니다. 어서 언어를 다스리는 여신 〈나다〉를 만나고 싶지 않으세요? 땅 위의 사람들이 얼마나 고통 받고 있을까 한 번 생각해 보세요. 서둘러야 한답니다."

'꿈꾸는 눈'이 두 사람을 재촉하고 있는데 저 쪽에서 녹색 가슴새가 날아오는 것이 보였다.

'소리'는 손바닥을 펼쳤다. 녹색가슴새가 황토색 돌판을 그 위로 떨어뜨렸다. 시인과 '소리'의 얼굴에는 기쁨이 넘쳤다.

'소리'는 '꿈꾸는 눈'을 덥석 안았다.

"고마워, 정말 고마워."

'꿈꾸는 눈'은 '소리'의 갑작스러운 행동에 잠시 부끄러워했다.

"내가 한 건 아무것도 없어요. 모두 당신들 스스로가 이뤄낸 것이랍니다."

녹색가슴새가 꽁지깃으로 '소리'의 머리를 한 번 탁 쳤다.

"새가 질투를 하나 봐요."

'꿈꾸는 눈'이 장난스럽게 말했다.

'소리'가 녹색가슴새를 향해 팔을 벌렸다.

"고마워!"

그녀는 녹색가슴새의 입에 뽀뽀를 해주었다.

녹색가슴새는 부끄러운 듯 잠시 날갯짓을 여러 번 하더니 곧 하늘 저쪽으로 사라져갔다.

'소리'는 곧 새에게서 받은 황토색 돌판을 잎사귀로 잘 싸서 초록 구슬로 만들었다.

제15장
마음의 바다

"자! 모두 저 속으로 들어갑시다."

'꿈꾸는 눈'이 호수를 가리켰다.

"저 호수 속으로 말이야?"

'소리'가 놀라 다시 한 번 물었다.

"그렇다니까요."

시인은 결심이 선 듯 아무 말도 하지 않고 호수 속으로 걸어 들어가기 시작했다.

"아빠, 같이 가요."

'소리'도 시인을 따라서 호수 속으로 걸어 들어갔다. 그러다 아차 싶었다.

'소리'는 수영을 할 줄 몰랐다. 수영을 배워두지 못했던 것이다.

녹색 뱀이 소리쳤다.

"걱정 말아요. 내가 있잖아요. 겁내지 말아요."

'소리'는 호수 속으로 깊숙이 걸어 들어갔다. 물이 종아리를 지나 허리까지 차고 어느새 목까지 차올랐다. 덜컥 겁이 났다. 잠시 주저하고 있으려니 녹색 뱀이 말했다.

"나를 믿죠? 나를 믿어요."

'소리'는 물 위에 떠 있는 '꿈꾸는 눈'에게 고개를 끄덕이고 머리를 물속으로 집어넣었다. 그 순간 '소리'는 물속에서 빙글빙글 돌고 있는 자신을 느낄 수 있었다.

"어떻게 된 거야? 아빠는 어디 있어?"

'소리'는 발버둥을 쳤다.

녹색 뱀이 옆으로 다가오더니 '소리'의 손을 감았다. 그리고 '소리'를 쳐다보았다.

'소리'는 '꿈꾸는 눈'의 눈을 바라보았다. 그리고 가만히 눈을 감았다. 물결이 이리저리 움직이고 '소리'는 점점 더 물속 깊이 내려가고 있었다.

'소리'는 한참 눈을 감고 있었다. 눈을 뜨면 무서운 괴물이라도 앞에 나타날까봐 겁이 나서 차마 눈을 뜰 수 없었다.

갑자기 손이 따끔거렸다. 아파서 눈을 살짝 떠보았더니 녹색 뱀이 '소리'를 문 것이었다. '소리'는 자신의 몸이 점점 더 물에 익숙해져 가는 것을 느낄 수 있었다.

신기하게도 자신의 몸이 물속에 떠 있었다. 시인도 어느새 '소리' 옆에 와 있었다. 시인이 '소리'에게 활짝 웃어 주었다.

"소리, 괜찮니?"

'소리'는 고개를 끄덕였다. 그리고 주위를 둘러보았다. 수많은 물고기 떼들이 두 사람의 곁을 스쳐 지나가고 있었다.

"우린 지금 바다에 있어요."

녹색 뱀이 말했다.

어느새 바다에 들어와 있다니 두 사람은 놀랍기만 했다. 호수 밑으로 바로 바다와 연결되어 있는 모양이었다.

바닷속에 수많은 작은 별들이 떠 있는 것처럼 물고기들의 몸에서 빛이 나고 있었다. 참 아름다웠다.

갑자기 아주 커다란 눈을 가진 물고기 한 마리가 두 사람의 곁으로 다가왔다.

"들어가세요."

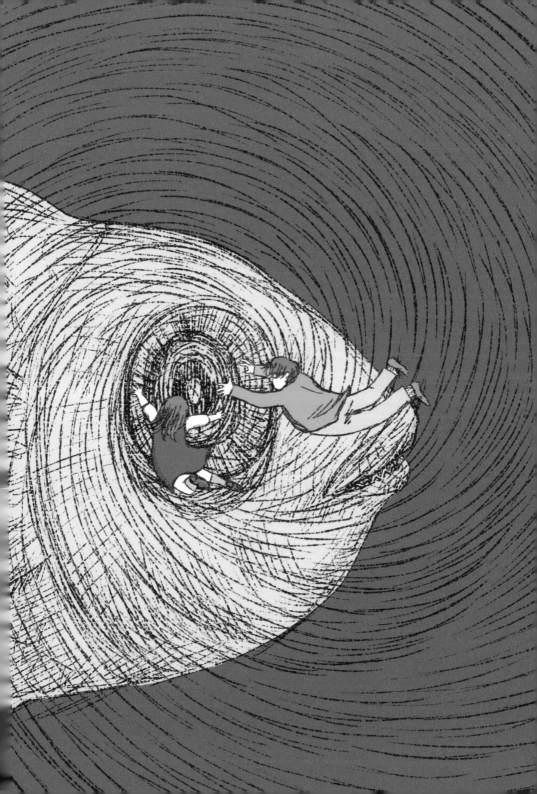

녹색 뱀이 다정스럽게 말했다. 그러나 두 사람은 어디로 들어가야 할지를 몰라 머뭇거렸다.

"눈으로! 물고기의 눈 속으로 들어가세요."

시인과 '소리'는 이게 무슨 소린가 계속 망설였다.

'꿈꾸는 눈'은 안되겠다는 듯, 물고기의 커다란 눈 속으로 시인과 '소리'를 밀어 넣었다. 갑자기 잠이 몰려 왔다. 두 사람은 뱅글뱅글 원을 그리며 어딘지 모를 깊숙한 곳으로 빨려 들어갔다.

갑자기 기분 나쁜 시끄러운 소리가 귀를 찌르는 것 같았다. 두 사람은 깜짝 놀라 잠에서 깨어났다. 아주 오랜 잠을 잔 것 같은 기분이었다.

시인과 '소리'는 사방을 둘러보았다. 그곳에는 수많은 사람들이 와글와글 모여 있었다. 사람들은 여전히 알아들을 수 없는 말로 소리를 꽥꽥 지르고 있었다. 사람의 말이 아니라 짐승의 말이었다. 그렇다면 세상은 여전히 언어의 혼란 속에 있는 게 분명했다. 언어의 여신 〈나다〉를 빨리 찾아야 한다. 다른 곳에서 여행을 시작한 사람들도 아직까지 성공을 하지 못했단 말인가! 언어의 여신 〈나다〉를 만나지 못했단 말인가! 그래도 다른 사람들은 성공할 줄 알았는데…….

두 사람에게 슬픔이 몰려들었다.

짐승의 말로 소리 지르던 사람들이 서로 싸우고, 화를 내고
있었다.

시인은 눈을 감아 버렸다.

그는 자신을 포함한 이 사람들에게, 빨리 언어를 되돌려줘
야 한다고 생각했다.

"당신 마음을 들여다보세요."

녹색 뱀이 속삭였다.

'마음을…….'

시인은 깊이 생각했다. 그렇다. 우선 내 마음을 잘 들여다보
아야 한다. 내 마음을 잘 들여다보면 길이 보일지도 모른다.

그는 가만히 눈을 감았다. 곧 아무런 소리도 들리지 않았다.
어딘지 모를 깊고 깊은 곳으로 내려가고 있는 것이 느껴졌다.

시인은 눈을 떴다. 그리고 알았다. 이곳이 다름아닌 자기
마음의 바닷속이라는 것을.

세찬 풍랑이 일었다. 시인의 몸이 이리저리 흔들렸다.

폭풍우가 몰아치고 파도가 높게 출렁거렸다.

'내가 할 일이 무엇인가?'

시인은 마음을 가다듬었다. 그리고 언어의 여신 〈나다〉
를 생각했다.

어느새 폭풍우가 잦아지고 있었다. 바다가 조용해지고 있
었다.

제16장
생각의 나무

시인의 마음에 평화가 찾아왔다.

시인은 가만히 바다를 바라보았다.

바닷속에서 갑자기 나무 한 그루가 쑥쑥 자라나고 있었다. 그 나무에는 온갖 것이 다 매달려 있었다. 나무에 열린 것은 시인의 생각들이라는 것을 알 수 있었다. 그러나 그 생각들은 동물과 식물의 모습으로 변형되어 있었다. 사자, 코끼리, 뱀, 토끼, 여우, 소, 말, 호랑이, 너구리, 돼지, 개구리, 닭, 원숭이, 새, 장미, 국화, 모란, 개나리, 목련, 칸나, 붓꽃, 진달래, 채송화, 마거릿, 금낭화, 물망초 등 그 수는 헤아릴 수도 없이 많았다.

시인은 자신의 생각들이 열린 나무를 바라보고 있었다.

그때 녹색 뱀이 가까이 다가왔다.

"당신은 지금 〈생각의 나무〉 앞에 있습니다. 언어의 여신 〈나다〉를 찾으려면 당신은 저 열매들 중에서 한 가지만을 선택해야 합니다. 저 변형된 모습들 중에서 〈나다〉를 찾는 데 필요한 것이 무엇일까 생각해 보세요. 깊이 생각해야 합니다. 당신이 만약 잘못 선택한다면 지금까지의 모든 노력이 수포로 돌아갈 수도 있습니다."

녹색 뱀의 말을 듣는 순간, 시인은 갑자기 '소리'를 생각했다.

그러고 보니 마음의 바닷속에 들어온 이후 '소리'를 잊어버리고 있었다는 것을 깨달았다.

"딸, 어딨니? 지금까지 소리를 생각하지 않고 있었어."

"소리도 〈생각의 나무〉 앞에 서 있습니다. 걱정하지 마세요. 소리도 자신의 변형된 생각들을 보고 있습니다. 소리도 그중에서 하나만을 선택해야 합니다. 그러나 시인 당신이 선택한 것과 소리가 선택한 것이 일치해야만 다음 단계로 갈 수 있습니다. 〈말씀의 거울〉을 찾으려면 무엇을 선택해야 할지 잘 생각해보십시오."

시인은 갑자기 겁이 났다. 참 어려운 문제였다. '소리'도 무척 염려되었다.

"너무 힘든 문제구나. 내가 잘할 수 있을까?"

시인이 걱정스럽게 말하자, 녹색 뱀이 눈을 깜박이며 말했다.

"걱정 말아요. 자신을 믿어야 합니다. 마음속을 잘 들여다 보세요. 당신이 옳은 생각을 하고 있다면 마음이 길을 열어 줄 것입니다."

시인은 조용히 고개를 끄덕였다.

"꿈꾸는 눈아, 가서 소리를 지켜 줘. 그 애는 잘하고 있을까?"

"알았어요. 그럼 다시 소리에게 가 볼게요."

시인은 녹색 뱀을 '소리'에게 보내고 다시 마음의 바닷속으로 깊이 들어갔다.

'소리'는 아빠가 마음의 바닷속으로 들어간 이후, '꿈꾸는 눈'의 말에 따라 자신도 곧 마음의 바닷속으로 들어갔다.

'소리'는 지금까지의 자신을 돌아보았다.

말을 못해서 겪던 여러 가지 고통, 아이들에게서 놀림을 받던 기억들, 엄마와의 이별, 엄마의 실종, 언어의 혼란, 그리고 우주도서관에서 온 사신〈허허〉를 만나기까지의 모든 기억들이 떠올랐다.

‘소리’는 자신의 마음을 세상을 향해 활짝 열어두고 싶었다.

여행을 떠나서 겪은 갖가지 일들…… 그리고 ‘꿈꾸는 눈’과의 만남, ‘하늘 닭’을 만났던 일에 이르기까지.

‘소리’는 자신이 끝까지 이 여행을 계속할 수 있게 해달라고 언어의 여신〈나다〉에게 기도했다.

기도가 끝나자, ‘소리’는 마음속 깊이 더 내려갔다. 그러자 갑자기 나무 한 그루가 하늘 위로 쑥쑥 자라났다. 키는 7미터쯤 될까? 나무의 줄기는 황금색이었으며 나무 열매 대신에 갖가지의 동물들 얼굴과 식물들이 매달려 있었다.

‘소리’도 곧 그것들이 자신의 생각이 변형되어 나타난 거라는 것을 알 수 있었다. 녹색 뱀이 가르쳐 준 것이 아니었는데도 그냥 자연스럽게 그런 생각이 들었던 것이다. 예전의 ‘소리’였다면 아마 많이 놀랐을지도 모른다. 그러나 이상하게도 마음의 바닷속에 들어오면서 ‘소리’는 자신의 마음이 평화로워지는 것을 느낄 수 있었다. 예전의 조급함이 사라지고 걱정하는 마음도 사라졌다. 그래서 〈생각의 나무〉가 자라는 것을 보고도 놀라지 않았던 것이다.

　녹색 뱀 '꿈꾸는 눈'이 살며시 다가왔다.

　"소리야, 네가 어떻게 해야 하는지 알고 있니?　저 변형된 생각들 중에서 하나를 골라야 한다. 그러나 잊지 말아야 할 것은 네가 선택한 것이 아빠가 선택한 것과 꼭 같아야 한다는 거야."

　'소리'는 고개를 끄덕였다. 아빠가 옆에 계시지 않았지만 하나도 무섭지 않았다. 잘 해낼 수 있을 것 같았다.

　'소리'는 가만히 마음을 열었다.

　처음에는 완전한 어둠 속에 있는 것 같았다. 여러 영상들이 '소리'의 마음 에 다가왔다가 사라졌다. 언어를 다스리는 여신 〈나다〉가 동굴 속에 앉아 있는 모습이 보이는 듯했다. 언어를 되찾기 위해, 말을 되찾기 위해　선택해야 할 것은 무엇일까?

　'소리'는 〈생각의 나무〉를 바라보았다. 어둠이 걷혀가고 있었다. '소리'는 그 속에서 언뜻 무엇인가를 본 것 같았다. 저것은 무엇일까? 선택해야 할 것이 바로 저것일까?

　'소리'는 마음을 더욱 집중했다.

빛이 점점 더 밝아졌다.

'소리'는 그 속에서 잠깐 '하늘 닭'을 본 듯 했다. 그리고 깨달았다. 선택해야 할 것이 바로 저것이다. 마음이 편해지고 있었다.

잠이 오고 있었다.

꿈결인가 '꿈꾸는 눈'의 속삭이는 목소리가 들렸다.

"소리야 잘했어, 잘했어."

제17장
나선형의 계단으로

'소리'는 갑자기 현기증이 나는 것을 느꼈다.

시인과 '소리'는 〈생각의 나무〉 위를 올라가고 있었다.

7미터쯤 되던 나무는 점점 더 자라나 10미터, 100미터…
1,000미터, 10,000미터, 그 끝을 알 수 없을 정도로 무섭게
자라나고 있었다.

두 사람은 그 나무의 중간쯤에 와 있었다.

'소리'는 아빠가 옆에 계시는 것을 보고, 자신과 아빠가 생
각의 열매 중에서 같은 것을 선택했다는 것을 알았다. 그렇
지 않았다면 두 사람이 이렇게 만날 수 없었을지도 모른다고
생각했다. 아빠가 옆에서 미소 짓고 있었다.

"잘했다. 우리 소리, 장하구나."

시인이 '소리'의 손을 따뜻하게 잡아 주었다. '소리'는 시인과 같은 생각을 했다는 게 자랑스러웠다. 자신이 뭔가를 해낸 것 같아 마음이 뿌듯하기도 했다.

녹색 뱀이 옆에서 두 사람을 조용히 지켜보고 있었다.

나무는 끝도 없이 자라나고 있었다. 어느새 두 사람은 나무 위의 맨 끝가지에 매달려 있었다. 나무에 달려 있던 열매들은 이미 어디론가 사라지고 하나도 남아 있지 않았다. 나무에서는 황금 가지 사이로 황금빛이 뿜어져 나오고 있었다.

"꿈꾸는 눈아, 어지러워. 이 나무는 대체 어디까지 올라가는 거야?"

시인이 말했다.

"언어의 여신 〈나다〉를 만나러 가야지요. 너무 두려워하지 말아요."

녹색 뱀이 말했다.

그러나 '소리'는 아까부터 눈을 꼭 감고 있었다. '소리'에게는 심한 고소 공포증이 있었다. 그런 '소리'가 걱정스러워 시인은 계속해서 '소리'의 팔을 꼭 붙잡고 있었다.

그런데도 나무는 자라기를 멈추지 않고 계속해서 하늘로

뻗어 올랐다.

"떨어지면 안 돼요. 꼭 잡아야 해요. 용기를 내세요."

녹색 뱀이 큰 소리로 말했다.

'소리'는 녹색 뱀의 말을 듣고 나니 오히려 불안해졌다. 이곳까지 와서 실패하면 어떡하나, 자꾸 걱정이 되었다. 엄마 생각도 났다.

어디론가 사라져 버린 엄마, 엄마를 한 번이라도 만날 수 있다면······.

엄마는 지금 어디에 계신 걸까? '소리'는 엄마 생각을 떨쳐 버릴 수가 없었다.

"딴 생각 하면 안 돼요. 언어의 여신 〈나다〉만 생각하세요. 그리고 〈말씀의 거울〉에 정신을 모아야 합니다."

녹색 뱀이 다시 한 번 더 주의를 주었다.

"이제 조금만 더 올라가면 됩니다. 힘을 내세요."

시인은 '소리'가 떨어지지 않도록 계속해서 붙잡고 있었다.

'소리'는 아예 눈을 딱 감고 있었다. 다리가 후들거려 몸을 가누기도 힘든 상태였다. 등에서는 식은땀이 줄줄 흘러내리고 있었다. 시인의 몸도 땀에 흠뻑 젖어 있었다.

그렇게 얼마를 올라갔을까? 나무 끝으로 나선형의 계단이 하늘 끝까지 펼쳐져 있는 것이 보였다. 나선형의 계단은 일부는 구름에 가려져 있었지만, 금색으로 아주 찬란하게 빛나고 있었다. 계단의 폭은 좁았지만, 난간이 아주 화려하게 장식되어 있었다.

시인은 '소리'를 가만히 불렀다.

"소리야, 이제 다 온 것 같구나, 조금만 더 힘을 내자. 눈을 한번 떠볼래?"

'소리'는 살며시 눈을 떠보았다. 아름다운 나선형의 계단이 〈생각의 나무〉 위로 펼쳐져 있었다. 참 아름다웠다. 그러나 '소리'는 다시 눈을 감아 버렸다. 어떻게 저곳까지 올라갈 수 있을까?

"자! 이제는 〈생각의 나무〉에서 저 나선형의 계단으로 올라가야 합니다. 옮길 때 조심하지 않으면 안 됩니다."

'꿈꾸는 눈'이 계속해서 큰 소리로 말했다.

'소리'는 녹색 뱀이 미워졌다. 왜 이렇게 힘들게 할까, 그만 포기하고 싶다.

녹색 뱀이 부드럽게 웃으며 '소리'를 쳐다보았다.

"소리, 이제 다 왔어요. 조금만 더 힘을 내봐요."

'소리'는 기어들어 가는 목소리로 말했다.

"꿈꾸는 눈, 난 이제 못해. 더 못하겠어, 무서워 죽겠어."

'소리'는 이제 턱까지 떨고 있었다. 아래로 곧 떨어질 것만 같았다.

죽을지도 모른다고 생각하니까 겁이 나서 꼼짝할 수도 없었다.

시인은 '소리'의 몸을 잡고 있었지만, 사실은 자신도 두려움에 떨고 있었다.

그러나 딸 '소리'를 안전하게 데려가야 한다는 생각을 했다. 자신의 무서움 따윈 이겨낼 수 있다고 용기를 냈다.

시인과 '소리'는 이제 피할 수 없이 〈생각의 나무〉에서 저 나선형 계단 위로 올라가야 한다. 그러나 그 사이에는 약간의 틈이 있었다. 그 약간의 틈이 엄청난 공포로 밀려 왔다. 만약에 발을 조금이라도 잘못 디디기라도 한다면 바로 나락으로 떨어질 것이 뻔했다.

시인은 잠시 마음을 가다듬었다. 그리고 딸 '소리'를 가슴에 꼭 껴안았다.

"소리야, 아빠 말 들어봐. 이제 우리는 이 여행의 마지막 단계에 와 있는 것 같구나. 우리가 겪었던 수많은 일들을 생각해보렴. 우린 힘들었지만 잘해 왔어. 네가 조금만 더 용기를 내면 아빠랑 언어의 여신 <나다>를 만나서 세상 사람들에게 다시 언어를 되돌려 줄 수 있을 거야. 어떠니? 할 수 있겠니?"

'소리'는 아빠의 말을 들었다. 그리고 이해했다. 자신이 움직여야 한다는 것을. '소리'는 가만히 고개를 끄덕였다.

시인이 다시 말했다.

"소리야, 아빠가 먼저 저기 나선형 계단으로 옮겨가서 너를 잡아 줄게. 할 수 있겠지?"

시인은 먼저 나선형 계단을 향해서 조심스럽게 한 발을 뗐다. 허공의 간격이 매우 크게 느껴졌지만 용기를 냈다. 그리고 다음 발도 조심스럽게 나선형 계단으로 옮겨 놓았다. 진땀이 났다. 드디어 나선형 계단 위에 몸을 올려놓았을 때, 시인은 안도의 한숨을 쉬었다.

'소리'의 등줄기에서도 계속해서 땀이 흘러내리고 있었다.

"잘하셨어요."

녹색 뱀이 말했다.

시인은 계단 위에 엎드린 다음 '소리'에게 손을 내밀었다.

"소리야, 아빠 손을 잡고 이곳으로 건너와. 아래는 내려다보지 말고 아빠만 쳐다보렴."

'소리'는 시인의 손을 잡으려고 했다. 그러나 아래를 내려다보니 현기증이 다시 밀려왔다. 너무 아득해서 곧 떨어져 죽을 것만 같았다.

"소리야, 힘을 내!"

시인이 부드럽지만 강하게 말했다.

'소리'는 〈생각의 나무〉와 나선형의 계단 사이에 있는 허공의 간격 때문에 쉽사리 발을 떼지 못했다.

"소리야, 조금만 더, 조금만 더 용기를 내 봐. 지금 네가 할 수 있는 것을 해 봐. 결국은 네가 해야 하는 거야."

'꿈꾸는 눈'이 옆에서 가만히 속삭였다. '소리'는 마음을 고쳐먹고 용기를 내기로 했다.

"그래! 해 보자. 지금까지 잘해 왔잖아. 조금만 더 용기를……."

'소리'는 눈을 질끈 감고 오른발을 나선형의 계단 쪽으로 내밀었다.

아빠가 소리쳤다.

"그래, 조금만 더!"

'소리'는 발을 조금 더 앞으로 내밀었다.

그때였다. '소리'의 왼쪽 발이 미끄러지면서 '소리'는 나무 끝에 간신히 매달리는 신세가 되고 말았다.

"안 돼! 소리야."

시인이 손을 더 가까이 내밀었다. 그리고 '소리'를 잡으려고 했다. 그는 간신히 '소리'의 오른팔을 잡을 수 있었다.

'소리'는 정신을 잃고 있었다.

"소리야, 정신 차려! 정신을 잃으면 안된단 말이야. 아빠가 너를 꼭 구해줄 거야. 그러니 정신을 잃으면 안 돼!"

시인은 녹색 뱀과 함께 '소리'를 계단 위로 끌어올리려고 있는 힘을 다했다. 그리고 가까스로 '소리'를 계단 위로 끌어 올렸다.

제18장
이별

그때였다.

'소리'를 계단 위로 끌어올리는 바로 그 순간, 계단의 난간
이 휘청 휘어지면서 시커먼 개 한 마리가 계단 위로 뛰어 올
랐다. 거품을 가득 문 그 개는 시뻘건 눈알을 이글거리며 '소
리'에게로 달려들었다. '소리'는 난간에 아슬아슬하게 내동
댕이쳐졌다. 그 개가 '소리'에게로 다시 달려드는 순간, 시인
이 개에게로 달려들었다. 그리고 몇 번 엎치락뒤치락하는 동
안 시인의 몸에서는 어느새 피가 흐르고 있었다. 개에게 입
은 상처였다. '소리'가 놀라 시인에게 다가서려고 하자 시커
먼 개가 갑자기 시인의 몸을 꽉 문 채로 아득한 계단 아래로

떨어졌다. 순식간의 일이었다.

"소리야……."

시인의 목소리가 아득하게 들리는 것 같더니 그 소리도 이내 들리지 않았다.

그 순간, '소리'는 자신에게 어떤 일이 일어났는지 전혀 깨닫지 못했다. 갑자기 멍해지는 기분이었다. '소리'는 한참 엎드린 채, 시인이 떨어진 아래를 내려다보고 있었다.

'무슨 일이 일어난 거지?'

'소리'는 생각하고 또 생각했다. 그런데 머릿속은 온통 백지였다.

녹색 뱀도 갑작스러운 일이라 어떻게 해야 할지 몰라 가만히 아래만 바라보고 있었다.

시간이 한참 흘렀다.

'소리'는 갑자기 시인이 옆에 없다는 사실을 깨달았다.

"아빠!"

'소리'는 가슴 터지도록 시인을 크게 외쳐 불렀다. 그러나 아무 대답이 없었다.

"아빠!"

역시 아무런 대답이 없었다.

'소리'는 울음을 터뜨렸다. 걷잡을 수 없었다. 시인이 너무 보고 싶었다.

'소리'는 한참을 울었다. 녹색 뱀이 살며시 어깨를 어루만져 주었다.

울다가 지치자 '소리'는 갑자기 화가 났다.

"너 때문이야! 너 때문이야. 이 여행을 떠나지 않았으면 아빠를……."

'소리'는 녹색 뱀을 마구 때렸다.

"아니야, 나 때문이야. 나 때문이야. 내가 너무 겁을 냈기 때문이야."

'소리'는 녹색 뱀을 껴안고 다시 울기 시작했다.

"너무 슬퍼하지 마. 그 개는 〈마음을 잃은 자〉였어. 급하니까 나타나서 시인을 해친 거야. 네 잘못이 아니야."

'소리'는 미친듯이 계단 아래를 두리번거렸다. 밑은 아득하기만 할 뿐, 시인의 모습은 보이지 않았다.

"아빠, 어디 계세요? 이제 '소리' 혼자 어떻게 해야 하죠?"

그때였다.

〈생각의 나무〉가 다시 아래로 내려가고 있었다. 나선형의 계단은 이제 완전히 허공에 뜬 상태였다.

'소리'에게 무서움과 공포가 밀려 왔다.

"아빠!"

나선형의 계단이 갑자기 출렁거렸다.

'꿈꾸는 눈'이 자리에서 벌떡 일어나 머리를 세우며 말했다.

"아! 큰일 났어요. 나선형의 계단이 하늘 위로 올라갈 시간인가 봐요. 조금 후면 이 계단이 하늘로 완전히 접혀질 거예요. 그 전에 빨리 하늘에 도착해야 해요."

"싫어, 난 가지 않을 거야. 아빠 없이 나 혼자 가고 싶지 않아."

"소리의 마음은 충분히 알아요. 하지만 왜 이곳까지 오게 되었는지 잊었어요? 지금 빨리 〈말씀의 거울〉을 찾아야 한다는 걸 잊었어요? 사람들에게 다시 언어를, 말을 되돌려 주어야 한다는 사실을요?"

그러나 '소리'는 아무 대꾸도 하지 않은 채, 자리에서 꿈쩍도 하지 않았다.

"소리가 이러고 있다는 걸 아빠가 알면 좋아하실까요?"

녹색 뱀이 낮은 목소리로 말했다. '소리'는 녹색 뱀을 가만히 바라보았다.

'소리'의 눈에서 눈물이 주르르 흘러내렸다.

'꿈꾸는 눈'의 눈빛이 간절했다.

'소리'는 자리에서 천천히 일어났다. 그리고 아무 말 없이 계단을 하나씩 조심스럽게 올라갔다. 이제 더는 어떤 것도 두렵지 않았다.

'아빠를 생각해야 한다.'

'소리'는 아빠만 생각하면서 한 계단, 한 계단, 하늘 위로 올라갔다.

말 못하는 자신을 위해 늘 수화로 재미있는 얘기를 들려주시던 아빠, 엄마가 떠난 후, 매일 자장가를 수화로 불러 주시던 아빠, 머리도 감겨 주고 김치찌개도 맛있게 끓여 주던 아빠, '소리'가 친구한테 놀림을 당하고 온 날은 속상해서 혼자 울던 아빠였는데…….

'소리'는 이를 꽉 깨물고 울지 않으려고 애를 썼다.

이제 계단은 조금 밖에 남아 있지 않았다.

그때, 녹색 뱀이 '소리'를 불렀다.

"소리, 저길 보세요."

‘소리’는 저 멀리서 날아오는 녹색가슴새를 보았다.

녹색가슴새는 ‘소리’에게로 다가와 ‘소리’의 머리 위를 빙빙 돌았다.

“이게 마지막 돌판이로군요. 어서 손바닥을 내밀어요.”

‘꿈꾸는 눈’이 소리쳤다.

‘소리’는 엉겁결에 손바닥을 내밀었다.

녹색가슴새가 ‘소리’의 손바닥 위로 황토색 돌판을 떨어뜨려 주었다.

‘소리’는 돌판을 손에 꼭 쥐었다.

녹색가슴새가 ‘소리’의 머리 위를 한 바퀴 휘 돌더니 사라져 갔다.

‘소리’는 마음속으로 녹색가슴새에게 인사를 했다.

‘잘 가, 녹색가슴새, 널 잊지 못할 거야. 고마웠어.’

‘소리’가 가지고 있던 이파리를 황토색 돌판에 대자 돌판이 이내 초록 구슬로 변했다.

소리’는 드디어 마지막 계단 위에 발을 디뎠다.

그 순간, 갑자기 귀에 익은 음성이 들려왔다.

“곧바로 〈나다〉 여신에게로 가라! 〈나다〉 여신에게로.”

우주도서관의 사신 〈허허〉의 목소리였다.

'소리'는 이곳저곳을 둘러보았으나, 〈허허〉의 모습은 보이지 않았다.

'〈허허〉 사신은 어디에 계신 걸까?'

'소리'는 모습을 나타내지 않고 목소리만 들려주는 〈허허〉 사신이 원망스러웠다.

"언젠가 나타나시겠죠. 자! 이제 다 온 것 같군요."

녹색 뱀이 말했다.

드디어 '소리'는 하늘에 발을 내디뎠다. 그러나 그 순간에 갑자기 어둠이 몰려 왔다. 짙은 어둠이었다.

"〈나다〉께서 아직도 어둠의 동굴 속에 계신가 봐요. 빨리 그쪽으로 가야겠어요."

'꿈꾸는 눈'이 서둘렀다.

제19장
'마음을 잃은 자'

'소리'는 '꿈꾸는 눈'의 인도에 따라 계속 앞으로 걸어 나갔다.

길은 꼬불꼬불했고 온갖 덤불이 가득했다. 아주 오랫동안 걸은 것 같았다.

'소리'는 발바닥이 타는 듯한 아픔을 느꼈다. 그러나 '꿈꾸는 눈'에게 쉬자고 말을 하지는 않았다. 빨리 〈나다〉를 만나고 싶었던 것이다. 그래서 자신이 할 일을 다 하고 싶었다.

저 앞에서 희미한 빛이 보이기 시작했다.

'소리'는 갑자기 힘이 났다.

"어둠의 동굴일까?"

'소리'가 녹색 뱀에게 물었다.

"이제 거의 다 온 것 같습니다."

녹색 뱀의 말에 '소리'는 갑자기 온몸에 힘이 빠지는 것을 느꼈다.

'소리'는 시인을 생각했다.

'아빠, 보고 싶어요. 아빠가 너무너무 보고 싶어요.'

눈에 다시 눈물이 고였다.

'소리'는 녹색 뱀이 볼까 봐 얼른 눈물을 닦았다.

어둠의 동굴 입구는 다른 동굴의 모습과 크게 다르지 않았다.

'소리'는 동굴 안으로 들어서면서 가슴이 콩닥거리는 것을 느낄 수 있었다. 이제 드디어 언어의 여신 〈나다〉를 만날 수 있게 되는구나. 이제 드디어…….

뛰는 가슴을 진정시키며 '소리'는 녹색 뱀과 함께 동굴로 들어섰다.

동굴은 안으로 들어갈수록 점점 더 밝아지고 있었다. 이제는 눈을 뜰 수 없을 정도로 밝은 빛이 동굴을 가득 비추고 있었다.

동굴 안에는 갖가지의 화려한 꽃들이 피어 있었고 꽃향기가 동굴을 가득 채우고 있었다.

마침내 동굴의 끝에 다다랐다.

'소리'는 얼굴을 들어 정면을 바라보았다.

에메랄드로 장식된 커다란 의자 위에 온화하고 자애로운 모습의 여신이 두 사람을 바라보고 있었다.

'언어의 여신 〈나다〉…….'

'소리'는 숨이 멎을 것 같았다.

여신이 입을 열었다.

"오느라고 수고 많았다."

깨끗하고 청아한 목소리였다.

'소리'는 감히 얼굴을 들지 못하고 고개를 깊이 숙였다.

"네가 나를 찾아온 이유가 있겠지?"

'소리'는 더듬거리며 말했다.

"〈말… 말씀의 거울〉을 찾으러 왔습니다."

"그렇다면 네가 가져온 것이 있을 텐데……."

'소리'는 가슴 깊이 간직해 두었던 초록 구슬을 꺼냈다. 그리고 그것을 여신에게 건네려고 했다.

"여기……."

그때였다. 이상하게 동굴 안에서 말 한마디 하지 않던 녹색 뱀이 소리쳤다.

"안 돼!"

'꿈꾸는 눈'은 갑자기 '소리'에게서 초록 구슬을 빼앗아 자신의 입안으로 삼켜 버렸다.

'소리'는 깜짝 놀랐다.

"꿈꾸는 눈, 대체 무슨 짓이야! 구슬을 집어삼키다니. 도대체 어떡하려고!"

그러나 뜻밖에도 '꿈꾸는 눈'은 여신 〈나다〉를 노려보고 있었다.

"네가 지금 나를 놀리고 있느냐! 왜 구슬을 삼켰느냐!"

여신이 매우 화가 난 목소리로 말했다.

"당신은 언어의 여신 〈나다〉가 아녜요."

녹색 뱀이 차갑게 말했다.

"뭐라고? 지금 무슨 소리를 하고 있는 거냐? 내가 〈나다〉가 아니라니 그럼 대체 누구라는 거냐?"

"당신은… 당신은 〈마음을 잃은 자〉예요."

"무슨 헛소리를 하는 게냐! 네가 지금 나를 우롱하고 있구나. 감히……."

"당신에게서 악취가 나요. 난 느낌과 향기로 〈나다〉 여신을 알 수 있어요. 당신이 꽃의 향기로 악취를 위장한다고 해도 나를 속일 수는 없어요. 아까 동굴로 들어오면서 꽃들이 왜 이렇게 많을까 이상했어요. 당신은 당신의 악취를 저 꽃으로 막아보고 싶었겠죠. 그러나 진실을 속일 수는 없어요. 당신이 아무리 〈나다〉 여신의 모습으로 그곳에 앉아 있다 해도 당신의 본모습을 속일 수는 없어요."

"헛소리하지 말고 빨리 초록 구슬을 내놓아라."

여신이 자리에서 벌떡 일어나며 말했다.

"당신은 지금도 실수를 하고 있어요. 언어의 여신 〈나다〉께서는 아무리 화가 나도 절대로 그런 말은 하시지 않죠."

'소리'는 '꿈꾸는 눈'이 하는 말을 이해할 수 없었다. 여신 〈나다〉를 찾아 겨우 이곳까지 왔는데 〈마음을 잃은 자〉가 왜 여기에 있는 것일까?

'소리'는 머릿속이 혼란스러웠다.

그때 다시 녹색 뱀이 말했다.

"내가 우주도서관의 특별한 임무를 맡고 있다는 걸 잊으셨나 보군요. 빨리 당신이 있을 곳으로 돌아가세요. 그리고 당신에게 덧붙일 말이 하나 더 있는데……. 당신은 〈나다〉 여신으로 위장하는데 결정적인 실수를 했어요. 그게 뭐냐면 바로 '하늘 닭'이 이 자리에 없다는 거예요. 왜냐하면 '하늘 닭'은 〈나다〉 여신의 사랑의 표징이기 때문이죠. 〈허허〉 사신께서는 말씀하셨죠. 〈나다〉 여신이 계시는 곳에는 항상 '하늘 닭'이 있을 거라고."

'소리'는 녹색 뱀의 말을 듣고 나니 지난번에 〈생각의 나무〉에서 선택한 것이 '닭'이었다는 것이 기억났다. 아마 시인도 '닭'을 선택했으리라.

그랬구나. 〈나다〉 여신을 찾기 위해서는 사랑의 표징인 '하늘 닭'을 먼저 찾아야 했던 것이다. '소리'는 그동안 가졌던 의문이 풀리는 것 같았다.

그렇다면 지금 저기에 앉아 있는 사람은 녹색 뱀의 말대로 〈마음을 잃은 자〉일까! 그럼 언어의 여신 〈나다〉는 어디에 계신 걸까?

'소리'가 생각에 잠겨 있는데 갑자기 얼음같이 차갑고 소름 끼치는 목소리가 들려왔다.

"제법인걸!"

'소리'는 깜짝 놀라 고개를 들었다.

'소리' 앞에 검은 털귀가 나타났다.

'소리'에게 다시 기분 나쁜 현기증이 몰려 왔다.

"네가 그토록 놀라운 능력을 갖고 있는 줄은 짐작도 못했다. 〈허허〉 사신이 그렇게 엉터리는 아니구나. 내가 너무 쉽게 생각했나 보다. 너 같은 벙어리가 여기까지 올 줄은 정말 몰랐다. 말라깽이 시인을 죽이면 너도 포기할 줄 알았는데. 겁쟁이가 용케 이곳까지 잘 찾아왔구나."

'소리'는 증오심이 끓어올랐다. 〈마음을 잃은 자〉를 다시 만난 것이다. 아빠를 죽인 그 자를.

'소리'는 〈마음을 잃은 자〉 앞으로 다가갔다.

"당신이 우리 아빨 죽였어요? 정말 그랬어요?"

'소리'의 목소리가 가늘게 떨리고 있었다.

"그래. 내가 네 아빠를 나선형의 계단 위에서 아래로 떨어뜨렸다. 나는 시인과 네가 그곳까지 올라오지 못할 거라고 생각했지. 네가 두려움에 떨고 있을 때, 나는 너희 둘이 다 죽을 거라고 생각했다. 그러나 네가 결국 나선형의 계단에 오르더구나. 나는 빨리 너희들을 막아야 했어. 나는 인간들이 언어를 쓰지 못하는 것을 보는 것이 즐거워. 그래야 하루 빨리 내가 원하는 세상을 얻을 수 있기 때문이지. 내 즐거움을 빼앗길 수는 없지 않니! 그래서 장난을 좀 쳤을 뿐이야."

'소리'의 가슴속에서 불같은 분노가 일어났다.

"뭐라고? 당신을 용서하지 않겠어! 절대로, 절대로!"

'소리'는 〈마음을 잃은 자〉에게 덤벼들었다.

〈마음을 잃은 자〉는 단번에 '소리'를 멀리 동굴 벽 쪽으로 던져 버렸다. '소리'는 동굴 벽에 머리를 박고 쓰러졌다. 녹색 뱀이 급히 '소리'의 곁으로 다가와 일으켜 세워주었다.

"소리를 괴롭히지 마!"

녹색 뱀이 〈마음을 잃은 자〉를 노려보았다.

"어서 초록 구슬이나 내놓아라!"

〈마음을 잃은 자〉가 통통거리며 녹색 뱀에게 가까이 다가왔다. 그리고 뜨거운 불길을 내뿜었다. 그 불길 속에서 온갖 동물들이 다 튀어나왔다. 그 동물들은 세상에 튀어나오자마자 모두들 하품을 하기 시작했다. 그런데 그 순간, '소리'와 녹색 뱀은 자리에 쓰러지고 말았다. 듣기도 괴로운 온갖 욕과 남을 비방하는 소리, 헐뜯는 소리들이 어울려 아주 이상한 소리를 내고 있었다. 그 소리를 듣고 있으면 고통스러워 귀뿐만이 아니라 가슴도 함께 찢어지는 것만 같았다. '소리'와 녹색 뱀이 괴로워하며 숨을 헐떡거리자 검은 털귀가 '소리' 곁으로 다가왔다..

"어때? 네가 살던 세상에서 매일 듣는 소리인데 괴로워하기는 뭘 그렇게 괴로워하지?"

"절대로 용서하지 않을 거야. 절대로! 우리 아빠를 다시 살려내란 말이야. 우리 아빠를……."

'소리'는 〈마음을 잃은 자〉에게로 무작정 달려들었다. 그리고 얼굴에 달라붙어 털을 잡아 뜯고 물어뜯었다. 그러나 털귀는 눈 하나 깜짝하지 않고 '소리'를 벽 쪽으로 다시 집어 던져 버렸다.

동물들의 하품은 점점 더 깊어지고 있었다. 이제는 검은 털귀마저 그 커다란 입을 벌려 온갖 시끄러운 소리와 욕을 늘어놓기 시작했다.

'소리'는 귀를 꽉 틀어막았다. 하지만 소용없었다. 소음은 점점 더 시끄러워지고 이제 '소리'는 정신을 잃을 것만 같았다. 그때 녹색 뱀이 다가와 '소리'에게 이파리를 갖다 댔다. 그러자 정신이 맑아지는 것 같았다.

'소리'는 벌떡 일어서서 검은 털귀에게로 다가갔다. 그리고 온갖 욕을 하고 있는 그 시커먼 입을 들여다보았다.

　한참동안 그 모습을 바라보고 있으려니 〈마음을 잃은 자〉
가 불쌍해졌다.
　"네가 참 안 됐다. 넌 말을 자유롭게 할 수 있는데도 그렇게
욕만 하고 있으니 참 안됐다. 내가 만약 말을 할 수 있게 된
다면 네가 하는 그런 말들을 하지 않을 텐데."
　〈마음을 잃은 자〉가 갑자기 욕을 멈추고 '소리'를 바라보
았다.
　"우리 아빠는 나에게 언제나 글을 읽어 주셨어. 그리고 이
세상의 아름다운 것들을 보여 주려고 노력하셨지. 설사 그것
이 아름답지 않고 추한 것이라 해도 아빠는 언제나 좋은 면
을 보여 주려고 노력하셨어. 예전에 한번 아빠는 새가 되고
싶다고 말한 적이 있어. 난 아빠가 새가 되어 있을 것이란 생
각이 들어. 당신은 오랜 세월 동안 저주를 받아 이런 모습으
로 살아가겠지. 하지만 우리 아빠는 영혼이 깨끗한 새로 다
시 태어날 거야. 당신이 비록 아빠를 해쳤지만 당신이 이렇
게 영원히 벌을 받을 것이라 생각하니 마음이 아파."
　'소리'의 눈에 눈물이 글썽거렸다. 〈마음을 잃은 자〉는

당혹스러워했다.

"난 너를 죽일 거야."

털귀가 무서운 소리로 말했다. 그러나 '소리'는 꼼짝도 하지 않았다.

"당신은 날 죽일 수 없을 거야. 당신의 텅 빈 마음속에는 이미 내가 들어가 있어. 그게 보여. 당신의 마음에 뭔가 변화가 일어나고 있다는 증거지."

〈마음을 잃은 자〉는 뒤로 흠칫 물러났다.

"당신을 용서하겠어요. 그러니 다시 나타나지 말아요. 그리고 사람들을 괴롭히지 말아요. 당신은 그동안 너무 괴롭고 힘들었을 거예요. 이제 그렇게 살지 말아요. 내가 언어의 여신 〈나다〉를 만날 수 있도록 도와줘요. 당신을 용서할게요, 당신을 용서할게요."

'소리'의 눈에서 눈물이 흐르고 있었다.

그러자 밖으로 나와 있던 아까 그 동물들이 다시 〈마음을 잃은 자〉의 입 속으로 빨려 들어가기 시작했다. 〈마음을 잃은 자〉는 입을 제대로 닫을 수가 없었다.

그 모습이 너무 참혹하여 '소리'는 눈을 감았다. 눈에서는 눈물이 주르르 흘러내렸다. 〈마음을 잃은 자〉가 갑자기 소리를 질러댔다. 그 소리는 이 세상 소리가 아니었다. 차갑고 어둡고 슬픔에 가득 찬 저세상의 소리였다.

그런데 그때, '소리'의 투명한 눈물 한 방울이 〈마음을 잃은 자〉의 한쪽 귀에 떨어졌다.

"아……."

〈마음을 잃은 자〉가 갑자기 부들부들 떨더니 난데없는 광풍이 사방에서 몰아치기 시작했다. 그의 얼굴이 심하게 일그러지고 있었다. 그러나 그 얼굴은 슬픔에 가득 찬 얼굴이었다. 두려움에 가득 찬 얼굴이었다.

폭풍의 시간이 얼마나 흘렀을까? 마치 세상이 끝난 것만 같았다. 〈마음을 잃은 자〉가 보이지 않는 어떤 힘 속으로 빨려 들어가고 있었다. 그는 빨려 들어가지 않으려고 안간힘을 썼지만 그것도 잠깐뿐이었다.

'소리'는 멍하니 그 모습을 지켜보고 있었다. 〈마음을 잃은 자〉의 슬픔에 찬 빨간 눈이 잠깐 생각났다. 그러다 온몸에 긴장이 확 풀리면서 '소리'는 곧 푸른 꿈속으로 빠져들었다.

제20장
망각의 숲

 얼마나 시간이 흘렀을까? '소리'는 자신의 이마에 누군가의 따뜻한 손이 와 닿는 것을 느꼈다. '소리'는 눈을 살며시 뜨고 누군가 바라보았다. 희미한 빛 속에서 시인이 미소를 짓고 있었다. '소리'는 깜짝 놀랐다.

 "아빠!"

 '소리'는 일어나려고 했다. 그러나 온몸이 땅바닥에 붙어버린 듯 꼼짝도 할 수 없었다.

 "아빠! 다시는 나랑 헤어지지 말아요."

 시인이 여전히 애처롭다는 듯 '소리'를 바라보고 있었다.

 "소리야, 미안해. 아빠는 너랑 있을 수 없어. 아빠는 다시 떠나야 한단다."

"싫어! 다시는 아빠랑 헤어지지 않을 거야. 다시는……."

"소리야, 아빠가 너에게 온 이유는 아빠가 너한테 꼭 해줄 말이 있어서야. 소리야, 우리 귀여운 소리, 아빠는 널 무지무지 사랑했고 또 앞으로도 영원히 사랑할 거란다. 이 말을 꼭 네게 해주고 싶었어. 너를 사랑한다."

시인이 '소리'를 따뜻하게 안아 주었다.

"아빠랑 절대로 헤어지지 않을 거야. 절대로……."

그런데 갑자기 아빠의 모습이 희미해지고 있었다.

'소리'는 안타까워하며 시인을 놓지 않으려고 애를 썼다.

"아빠! 가지 마! 가지 마세요!"

그러나 이미 시인의 모습은 사라진 뒤였다. '소리'는 목을 놓아 통곡을 했다.

"아빠!"

그러다 '소리'는 벌떡 일어났다.

녹색 뱀이 걱정스러운 눈빛으로 '소리'를 바라보고 있었다.

"아빠, 못 봤니? 조금 전까지 여기 계셨는데 사라져 버렸어. 꿈꾸는 눈아, 우리 아빠 좀 찾아 주겠니?"

그러다 '소리'는 뭔가 생각난 듯 주위를 두리번거렸다.

"〈마음을 잃은 자〉는?"

"그는 한동안 나타나지 못할 거예요."

"……."

"소리의 눈물이 그의 귀에 떨어졌잖아요. 그런 일은 지금까지 단 한 번도 없었던 일이죠. 〈마음을 잃은 자〉는 가슴에 미움이 가득 차 있는 얼음 같은 자예요. 그런데 소리가 아빠를 죽인 그를 용서한다고 했어요. 그는 아마 오랜 시간 혼란 속에 있게 될 것입니다."

'소리'는 고개를 끄덕였다.

"초록 구슬은?"

"〈마음을 잃은 자〉는 당신 때문에 나를 해치지 못했어요. 나는 우주도서관의 특별한 보호를 받고 있기도 하고요. 구슬은 잘 가지고 있어요."

"다행이다. 고마워."

갑자기 시인이 했던 말이 생각났다.

'아빠는 널 무지무지 사랑했고 또 앞으로도 영원히 널 사랑할 거란다. 이 말을 꼭 네게 해 주고 싶었어. 너를 사랑한다.'

'아빠, 나도 아빠를 무지무지 사랑해요.'

그때, 녹색 뱀이 서두르며 말했다.

"시간이 없어요. 이제 출발해야겠어요."

"구슬이 내 안에 들어갔으니 꺼내려면 세 시간 안에 꺼내야 해요. 안 그러면 녹아 버릴지도 모르니까요. 빨리 언어의 여신 〈나다〉가 계신 곳으로 가야 합니다."

"〈나다〉 여신은 어디에 계신 걸까?"

"우리를 인도해주시겠지요. 일단 여기를 빠져나가야겠어요."

'소리'와 녹색 뱀은 어둠의 동굴을 빠져 나왔다. 몹시 어두웠기 때문에 조심조심해서 걸어야 했다.

어둠의 동굴을 빠져나오자 갑자기 아름다운 숲이 나타났다.

"꿈꾸는 눈, 드디어 다 왔나 봐. 여기에 〈나다〉가 계신가 봐."

녹색 뱀은 의심쩍은 듯 주위를 이리저리 살펴보았다.

숲 속에서 오색찬란한 새들이 하늘 위로 높이 날아올랐다. 그리고 아름다운 노래를 부르기 시작했다.

갑자기 녹색 뱀이 큰 소리로 말했다.

"큰일 났어요. 여기는 망각의 숲이에요. 저 새들의 노래 소리를 듣지 마세요. 저 새들의 노래에 취하면 당신은 지금까지의

모든 기억을 잊고 말거예요. 당신이 왜 이곳까지 오게 되었는지 기억의 끈을 놓아 버리면 안돼요. 사람들의 고통을 잊지 말아요. 소리, 내 말을 꼭 기억해야 해요."

'소리'는 마음을 굳게 먹었다.

하지만 막상 망각의 숲에 들어서자 '소리'는 숲의 아름다움에 취해 넋을 잃을 지경이었다. 빛이 나는 초록 나무가 하늘을 찌를 듯이 서 있고, 그 나무에는 탐스러운 붉은 열매들이 주렁주렁 매달려 있었다. 나무 아래로는 가지각색의 꽃들이 피어 있을 뿐만 아니라 향기도 싱그럽고 달콤했다.

나뭇가지 위에는 노란색, 빨간색, 푸른색, 주황색, 연분홍색 등 휘황찬란한 색들을 뽐내며 새들이 아름다운 노래를 부르고 있었다.

'소리'는 그 노랫소리에 취해 자신이 왜 이곳에 오게 되었는지 잊어버릴 것만 같았다. 그 노랫소리는 '소리'의 영혼 속으로 깊이 파고들어 '소리'의 모든 고통을 잠재우는 것 같았다. 아빠를 잃은 고통도, 엄마를 잃은 아픔도, 말을 하지 못하는 슬픔도, 사람들이 혼란 속에 빠져 있다는 것도……

'꿈꾸는 눈'이 계속해서 '소리'를 잠들지 않게 하려고 했지만, '소리'는 자꾸만 잠 속으로 빠져들고 있었다.

'소리'는 아름다운 환상의 세계로 빨려 들어가는 자신을 느낄 수 있었다. 새의 노랫소리가 모든 것을 잠재워 주었다.

'소리'는 이제 땅바닥에 주저앉으려고 했다. 눈꺼풀이 자꾸 내려앉고 있었다.

그때 누군가가 '소리'를 불렀다.

"소리, 소리……."

그러나 잠의 바람이 계속해서 불고 있었다. '소리'는 이 잠의 바람을 물리칠 힘이 없었다.

'소리'가 드디어 땅에 고꾸라졌다. 그때였다. 누군가 자신을 부드럽게 일으키는 기척을 느꼈다. '소리'는 간신히 눈을 떴다. 희미하게 민규의 얼굴이 보이는 것 같았다.

"민규야, 민규야……."

'소리'는 보고 싶었던 민규의 이름을 불렀다.

그런데 민규가 무언가 말을 하고 있었다.

'민규가 나를 찾아 왔구나. 고마운 민규…….'

"언어를 다스리시고 사랑하시는 여신 〈나다〉시여, 빌고 또 비오니 여기 당신을 따르는 소녀 소리의 기억을 되돌려 주시고 그녀가 당신의 품을 찾아갈 수 있도록 지혜의 빛을 보내 주시옵소서.”

‘민규가 기도를 하고 있다. 나를 위해서…….’

‘소리’는 민규에게 손을 내밀었다. 민규가 다정하게 ‘소리’의 손을 잡아 주었다. 손이 따뜻했다. 무언가 알지 못할 신비한 힘이 ‘소리’의 몸속에 새로 생겨나는 것 같았다. 정신이 맑아지고 있었다. 잠의 바람이 달아나고 있었다. 주위가 밝아지고 있었다.

오색의 현묘한 빛이 숲 속으로 새어 들어오더니 이내 숲을 환히 비추었다. 그와 동시에 새들은 자취를 감추었다.

‘소리’는 민규의 손을 잡고 자리에 일어나 앉았다. 그리고 똑똑하게 민규의 모습을 보려고 민규 앞으로 다가갔다. 그러다 ‘소리’는 깜짝 놀랐다.

민규가 아니었다. ‘하늘 닭’이었다.

“하늘 닭!”

“이제 정신이 들었군요.”

‘하늘 닭’의 묵직한 목소리가 들렸다. ‘하늘 닭’의 목소리는 처음 들어본다. 예전에 그를 만났을 때는 텔레파시로 대화를 주고받았었기 때문이다.

"당신이 어떻게 여길……."

"당신을 구하러 왔지요. 〈나다〉 여신께서 나를 이곳으로 보내셨어요. 알고 있죠? 나는 〈나다〉 여신의 사랑의 표징이랍니다."

'소리'는 자신이 '하늘 닭'에게 '민규'라고 부른 것을 생각하고 부끄러웠다.

이제 '소리'의 기억이 다시 되돌아온 것이다.

'하늘 닭'이 가만히 미소 지었다.

"정말 모든 것이 끝나는 줄 알았어요. 하늘 닭이 와서 다행이에요."

녹색 뱀도 옆으로 다가와 '소리'의 손목을 감았다가 풀어 주었다.

"어서 서둘러야 합니다. 여신께서 침묵의 동굴에서 기다리고 계셔요."

'하늘 닭'이 둘을 재촉했다.

'소리'와 녹색 뱀, 그리고 '하늘 닭'은 침묵의 동굴로 향했다.

망각의 숲에 새어 들어온 빛이 곧바로 셋을 침묵의 동굴로 안내해 주었다.

제21장
언어의 여신 〈나다〉

동굴 안으로 들어서니 이루 말할 수 없는 신비스러운 향내가 났다.

'소리'는 비로소 아까 '꿈꾸는 눈'이 했던 말을 이해했다. 이 향내 때문에 '꿈꾸는 눈'은 〈마음을 잃은 자〉를 〈나다〉 여신이 아닌 줄 금방 알았나보다.

동굴 안쪽에서 눈부신 빛이 흘러나오고 있었다.

'소리'는 녹색 뱀, '하늘 닭'과 함께 앞으로 나아갔다.

아주 깨끗하고 눈빛이 고운, 아름다운 모습의 여신이 커다란 돌 위에 앉아 있었다.

언어를 다스리는 여신 〈나다〉였다.

"오는데 많이 힘들었지? 너를 많이 기다렸단다. 이리 오너라."

'소리'는 여신의 앞으로 다가갔다. 여신이 '소리'의 손을 따뜻하게 잡아 주었다. '소리'의 마음이 기쁨으로 차올랐다.

"시간이 없구나. 어서 초록 구슬을 나에게 다오. 인간들이 언어를 사랑하지 않아 내가 그들을 버렸다. 그런데 우주도서관의 사신 <허허>가 인간들의 고통을 마음 아파하며 그들을 구하기 위해 애를 많이 썼어. 많은 사람들이 나를 찾아 나선 것을 잘 알고 있다. 하지만 지금까지 나를 찾아온 사람은 네가 처음이구나. 간혹 하늘나라에까지 온 사람도 몇 명 있었지만, 내가 있는 이곳까지는 오지 못했어. 결코 쉽지 않았겠지. 네가 어떻게 여기까지 오게 되었는지 나는 잘 알고 있느니라. 너는 진정으로 언어를 사람들에게 찾아주기를 원하느냐?"

여신이 물었다.

'소리'가 "예" 하고 대답했다.

여신이 다시 물었다.

"지금까지는 텔레파시로, 혹은 나의 힘으로, 우주도서관의

힘으로 너는 말을 할 수 있었다. 그리고 들을 수도 있었다. 그러나 네가 다시 지상으로 돌아간다면 너는 그곳에서 다시 말을 하지 못하게 될 것이다. 물론 들을 수도 없게 되겠지. 하지만 만약에 네가 원한다면 너는 그 구슬로 말을 할 수 있게 되고 들을 수도 있게 될 것이다. 안타까운 것은 사람들의 혼란은 계속될 것이다. 어떻게 하겠느냐? 선택은 너에게 달렸다."

'소리'는 갑자기 머리가 혼란스러워졌다.

'초록 구슬로 목소리를 찾을 수 있다고? 아아 얼마나 목소리를 갖고 싶었던가! 지금 이곳에서 말을 할 수 있다는 게 너무 행복한데, 지상으로 가면 말을 다시 할 수 없게 된다고. 그러기는 정말 싫어, 싫어.'

'소리'는 머리를 흔들었다. 그럼, 사람들은 어떻게 하지? 서로 통하지 않는 말 때문에 고통받고 있는 저 사람들은 어떻게 하지?

그러다 '소리'는 시인을 생각했다.

마지막까지 '소리'를 위해 희생한 아빠였다. '소리'는 아빠의 죽음을 헛되게 할 수는 없다고 생각했다.

'소리'는 마음을 굳게 먹고 침착하게 여신에게 말했다.

"제가 다시 말을 할 수 없게 된다 할지라도 그 초록 구슬로 사람들에게 다시 말을, 언어를 되찾게 해 주고 싶어요. 〈나다〉 여신이여, 그렇게 하소서!"

여신의 얼굴이 순간 환하게 빛났다.

'꿈꾸는 눈'이 몇 번 원을 그리며 하늘 높이 뛰어오르더니 초록 구슬 네 개를 토해 냈다. 그리고 구슬을 '소리'에게 건네주었다. '소리'는 그 구슬을 여신의 오른손 손바닥 위에 조심스럽게 내려놓았다.

여신은 잠시 구슬을 들여다보더니 자신의 긴 머리카락 속에서 커다란 무지갯빛 열쇠를 하나 끄집어냈다. 그리고 구슬을 원형의 돌 위에 내려놓더니 무지갯빛 열쇠로 네 개의 구슬 중앙을 뚫었다. 그러자 갑자기 무지갯빛이 사방으로 퍼지면서 구슬 네 개가 뭉쳐지더니 거대한 하나의 초록 거울로 변했다. 그 거울에는 신기하게도 수많은 글귀들이 적혀 있었다.

"자! 이제 내가 다시 〈말씀의 거울〉을 세상에 비추리니 인간들은 다시 언어를 찾을 수 있으리라. 그들을 언어의 혼란으로부터, 그 고통으로부터 구해주겠노라."

여신 〈나다〉가 〈말씀의 거울〉을 높이 들어 올리며 소리쳤다.

'소리'는 가슴이 벅차오름을 느낄 수 있었다. 이제 자신이 해야 할 일을 다 한 것 같아 마음이 뿌듯했다.

〈말씀의 거울〉에서 뿜어져 나오는 무지갯빛이 온 세상으로 뻗어 나가고 있었다.

"자! 이제 네가 할 일을 다 했으니 너를 기다리고 있는 사람에게로 가 보아라. 나도 다시 내가 있던 곳으로 돌아가 인간들이 얼마나 언어를 사랑하는지 지켜보겠노라."

여신의 말이 다시 텔레파시로 느껴졌다. '소리'는 깊은 절망감을 느꼈다. 이제 다시는 말을 할 수 없게 된 것이다.

'소리'의 눈에서 눈물이 왈칵 솟구쳤다.

'하늘 닭'과 '꿈꾸는 눈'이 가만히 '소리'를 안아 주었다.

여신은 '하늘 닭'과 녹색 뱀에게 말했다.

"소리를 애타게 기다리고 있는 사람에게 데려다주고 하늘 닭은 다시 내게로 돌아왔다가 반인반수의 나라로 돌아가라. 그리고 녹색 뱀은 우주도서관에 그대로 머물러 있도록 하라."

녹색 뱀과 '하늘 닭'은 여신에게 머리를 깊이 숙였다.

언어의 여신 〈나다〉는 하늘 높이 빛과 함께 사라졌다.

'소리'는 여신이 사라져 간 하늘 위를 한참, 바라보고 있었다.

"〈나다〉여신의 말씀 잊었어요? 당신을 기다리고 있는 사람이 있다는데 궁금하지 않으세요? 빨리 가 봐야지요."

'꿈꾸는 눈'이 장난스럽게 말했다.

"나를 기다리고 있는 사람이 누굴까?"

"그건 만나보면 알겠지요."

'하늘 닭'도 웃으면서 말했다.

그때, 무언가 '소리' 곁으로 슬금슬금 내려오는 것이 있었다.

'소리'는 소스라치게 놀랐다. 그러나 '하늘 닭'과 녹색 뱀은 하나도 놀라지 않았다. '소리'가 가까이 다가가 보니 덩굴이었다.

"저건 우주덩굴이라고 하는 거예요. 우린 그걸 타고 저 위로 올라갈 거랍니다."

녹색 뱀과 '하늘 닭'이 곧 '소리'에게 우주덩굴을 잡게 했다.

셋은 우주덩굴을 잡고 하늘 위로 올라갔다. 이상하게도 '소리'는 전혀 무섭지 않았다.

빛이 점점 더 밝아지고 있었다.

제22장
우주도서관에서

말할 수 없는 행복감이 '소리'의 가슴속에 가득 넘쳤다.

하늘 위로 올라갈수록 빛은 더욱 강해져서 '소리'가 눈을 뜰 수도 없을 정도였다.

얼마나 올라갔을까?

'소리'는 거대한 나무의 가지를 타고 올라가는 것을 느낄 수 있었다.

거대한 나무는 1000층 높이의 건물 1000개를 합쳐놓았다고 할 만큼 컸다. 덩굴은 자꾸만 위로 올라가서 마침내, 거대한 나무의 위쪽 중심부에 있는 흰색의 타원형 건물 앞에서 멈추었다.

셋은 곧바로 덩굴에서 내려 건물 앞으로 걸어갔다.

'소리'는 이렇게 아름답고 정교하며 멋있는 건물을 자신의 눈으로 볼 수 있다는 게 신기할 정도였다. 지상에서는 도저히 볼 수 없는 우아하면서도 위엄이 넘치는 건물이었다.

건물의 아름다움에 정신을 빼앗기고 있으려니, 건물 안에서 누군가 나와 '소리' 쪽으로 다가오는 사람이 있었다.

백발을 휘날리며 웃으며 다가오고 있는 사람, 바로 우주도서관의 〈허허〉 사신이었다.

'소리'는 너무 기뻤다. 그래서 친할아버지를 만나는 것처럼 반갑게 사신에게로 달려갔다. 그러다 '소리'는 갑자기 자리에 멈추어 섰다.

우주도서관의 사신 옆에서 조용히 미소를 띠고 있는 사람, 흰색의 긴 옷을 입고 머리를 단정하게 묶고 있는 사람, 엄마였다. 꿈속에서까지 애타게 그리던 바로 그 엄마였다.

'소리'는 얼어붙은 듯 그 자리에 섰다. 엄마가 왜 여기에 계시는 걸까? 그것도 우주도서관의 사신과 함께.

'소리'는 짧은 순간, 많은 생각을 했지만, 도저히 이해가 되지 않았다.

엄마가 '소리'에게로 점점 더 가까이 다가오고 있었다.

엄마가 마침내 '소리' 앞에 섰다.

"소리야, 엄마다."

엄마가 말했다.

얼마나 듣고 싶었던 엄마의 목소리인가! 늘 수화로 말을 주고받아야 했던 엄마, 그리운 엄마……. 그러나 이제는 텔레파시로 들을 수밖에 없다.

'소리'는 엄마의 품에 와락 달려들었다.

"엄마!"

"그래, 소리야. 장한 내 딸, 내가 너를 얼마나 보고 싶어 했는지 아니?"

'소리'는 엄마의 품속에 한동안 꿈인 듯 안겨 있었다. 그러다 갑자기 궁금해졌다.

"엄마가 여기에 어떻게?"

'소리'가 물었다.

우주도서관의 사신이 웃으며 '소리'에게 다가왔다.

"내가 데려왔지. 언어학에 대해서 공부하고 있던 너희 엄마를 내가 이곳으로 데려왔단다. 이곳에서 너희 엄마가 할

일이 있어서. 이번에 네가 큰일을 해낼 수 있었던 것도 너희 엄마의 도움이 컸단다. 그러나 미안하구나. 너와 엄마를 떼어 놓아서 말이다."

'소리'는 사신의 말을 듣고 나서 엄마가 왜 갑자기 사라졌는지 이해가 되었다. 그러다 아빠가 생각났다. '소리'는 슬픈 얼굴로 엄마에게 말했다.

"아빠가……."

"알고 있단다. 애야, 엄마도 무척 마음이 아프단다. 하지만 아빠도 언젠가는 이곳으로 오시게 되겠지."

"아빠도 이곳으로 오실 거란 말인가요?"

"그렇단다. 시간은 좀 걸릴 것 같구나."

"저도 이곳에 있게 되나요? 이곳에 있을 수 있게 되는 건가요?"

'소리'가 걱정스러운 얼굴로 물었다.

엄마가 안타까운 얼굴로 '소리'를 바라보았다.

"아니, 애야. 너는 이곳에 있을 수 없단다. 너는 다시 네가 있던 곳으로 돌아가야지. 너는 〈말씀의 거울〉을 찾기 위해 잠시 이곳으로 여행을 온 것뿐이지 영원히 그곳을 떠난 것은 아니란다. 이제 곧 너는 네가 있던 곳으로 돌아가게 될 거야."

'소리'는 바닥에 털썩 주저앉고 말았다.

"싫어요. 저 혼자는 싫어요. 아빠도 없고 엄마도 없는 그곳으로 저 혼자 돌아가기는 싫어요. 싫다고요!"

엄마는 '소리'를 따뜻하게 안아 주었다.

"네 마음 다 알아. 하지만, 너는 아직 그곳을 떠날 때가 되지 않았어. 아주 오랜 시간 후에 우리는 다시 만나게 될 거야."

"싫어요, 싫어요!"

"소리야, 소리야."

'소리'는 엄마의 품속에서 한참을 울었다. 엄마는 가만히 '소리'의 등을 토닥여 주었다. '소리'는 옛날에 엄마가 잠을 재워주던 생각이 났다. 그때가 얼마나 그리웠던가. 엄마랑 정말 헤어지기 싫었다. 얼마나 보고 싶었던 엄마인데 다시 헤어질 수는 없었다.

그때였다. 누군가 '소리'의 어깨를 감싸며 어루만져 주었다.

"소리, 이제 그만 울고 마음을 진정시켜 보세요. 시간이 얼마 남지 않았어요. 당신이 떠나야 할 시간이 다가오고 있어요. 그 전에 우주도서관을 구경하고 가지 않겠어요?"

따뜻한 목소리였다.

살며시 고개를 들어보았다. 어떤 소녀가 무지개 우산을 들고 환하게 웃고 있었다. 〈비오〉였다.

"〈비오〉!"

"안녕? 반가워요."

〈비오〉가 나타나자 사방이 온통 꽃향기로 가득 찼다.

'소리'는 우주도서관을 구경시켜 준다는 말에 마음이 조금은 진정되었다.

'소리'는 자리에서 일어났다.

"참, 너희들도 수고했다. 같이 가자꾸나."

〈허허〉 사신이 '꿈꾸는 눈'과 '하늘 닭'에게 말했다.

"이제야 저희들을 발견하셨군요."

둘이 섭섭한 듯 말했다.

"허허허……. 그래 참 미안하게 됐구나. 그동안 수고 많이 했다. 내가 왜 모르겠느냐!"

〈허허〉 사신이 머쓱한 듯 너털웃음을 웃었다.

'소리'는 사신과 엄마, 그리고 〈비오〉를 따라 우주도서관 안으로 들어섰다. 그 순간, '소리'는 갑자기 머리와 가슴이 꽉 차오르는 듯한 커다란 기쁨을 맛보았다.

이 도서관은 완전한 지식으로 꽉 채워져 있는 것 같았다. 도서관에 발을 들여놓는 순간, '소리'는 갑자기 이 세상의 모든 것을 다 이해할 수 있을 것만 같았다. 많은 생각들이 바다의 물결처럼 쏜살같이 '소리'에게 밀려들었다. 이 세상의 온갖 지식과 지혜들이 '소리'에게로 몰려오고 있었다.

'소리'는 가슴이 벅차 마치 꿈을 꾸고 있는 것 같았다. 몸이 마치 붕붕 하늘로 떠오르는 것 같았다. 자신이 우주와 하나가 되고 있었다.

'소리'는 자신이 완전하게 자유로워짐을 느끼고 있었다.

'소리'는 우주도서관의 내부를 둘러보았다. 빛으로 충만한 내부, 헤아릴 수 없이 많은 책들, 흰옷을 입고 책 속에 몰입해 있는 수많은 사람들……. 그 사람들 중에는 지구인이 아닌 다른 별에 사는 사람들의 모습도 보였다. 그러나 하나도 이상하게 보이지 않았고, 낯설지도 않았다. 그들의 모습이 너무 평화로웠고 아름다웠기 때문이다.

'소리'는 나중에 이곳에 다시 오기 위해 지금은 이곳을 떠나야 한다는 것을 깨달았다.

'소리'는 엄마를 돌아보며 말했다.

"엄마, 저 돌아가겠어요. 제가 있던 곳으로. 제가 그곳에 가서 해야 할 일이 있을 것 같아요."

"그래 장하구나, 내 딸아."

엄마는 '소리'를 다시 한 번 꽉 껴안아 주었다.

"이제 떠날 시간이다. 애야."

어느새 옆에 〈허허〉 사신이 와 있었다.

"나를 따라오너라."

〈허허〉는 '소리'를 우주도서관의 책들 사이에 있는 작은 녹색의 문 앞으로 안내했다.

"저 문 안으로 들어가면 너는 다시 네가 살던 곳으로 돌아 가게 될 것이다."

'소리'는 엄마랑, 〈허허〉 사신과 〈비오〉, 그리고 그동안 정들었던 '꿈꾸는 눈'과 '하늘 닭'이랑 헤어지는 것이 섭섭했 다.

"잘 있어요. 그동안 고마웠어요."

'소리'는 눈물이 날 것만 같았다. '꿈꾸는 눈'과 '하늘 닭'과 포옹을 하면서 '소리'는 그동안의 많은 일들을 생각했다. 처음에 녹색 뱀을 만났을 때의 일, 그리고 반인반수의 나라에서 '하늘 닭'을 만났던 일, 그들과 겪었던 수많은 일들…….

'꿈꾸는 눈'은 '소리'에게 푸른 잎 하나를 내밀었다.

"내가 '소리'를 얼마나 좋아했는지 알죠? 이걸 가져가요. 쓰일 데가 있을 거예요."

"고마워. 이제 너의 꿈꾸는 눈을 볼 수 없다고 생각하니까 너무 마음이 아파. 날 잊지 마. 꿈꾸는 눈."

'하늘 닭'이 '소리'에게 다가왔다.

"난 당신이 언제나 착하게 살 수 있도록 〈기도하는 마음〉을 선물로 줄게요."

"고마워요, 하늘 닭. 많은 것을 가르쳐줘서 고마웠어요. 내가 살던 곳에 가면 당신이랑 닮은 그 애를 보면서 당신 생각을 할 수 있을 것 같아요."

'하늘 닭'은 빙긋이 웃었다.

〈비오〉도 웃으며 다가왔다.

"소리를 만나서 반가웠어요. 난 따로 줄 것은 없고 항상 향기를 주겠어요. 마음의 향기, 몸의 향기, 사람들은 당신에게서 늘 아름다운 향기를 느끼게 될 거예요."

〈허허〉 사신도 곁으로 다가왔다.

"내가 너에게 주고 싶은 것은 단 한 가지, 사랑이란다. 너는 그곳에서 항상 사랑하며 살아라. 너를 축복해 주마. 그리고 이 우주도서관과 네가 사는 세계가 항상 연결되어 있다는 것을 잊지 말아라."

"〈허허〉 사신님, 고맙습니다."

마지막으로 엄마가 '소리'의 손을 잡으며 말했다.

"엄마가 사랑하는 우리 소리에게 줄 것은… 소리에게 줄 것은……."

엄마는 갑자기 '소리'의 입을 손가락으로 만졌다.

"네가 다시 세상으로 내려갔을 때, 너는 다시 이곳에서처럼 말을 할 수 있게 될 것이다. 그리고 들을 수도 있게 될 거야."

'소리'의 얼굴이 환하게 밝아졌다.

"그게 정말이에요? 〈나다〉 여신에게 나는 괜찮다고 했는데……."

"그래서 여신께서 너에게 선물을 주기로 하신 거란다. 네가 기특해서 말이야. 아주 특별한 선물이란다. 네가 말을 할 수 있게 되는 것이 엄마의 큰 소망이었는데 엄마의 소원을 여신께서 들어주셨구나."

"고마워요, 엄마."

'소리'는 엄마의 품속으로 파고들었다.

"소리야, 사랑해……."

엄마는 '소리'의 이마에 입을 맞추었다.

"사랑해, 소리야, 우리 딸……."

'나도 사랑해요, 엄마. 무지무지 아주 많이많이…….'

'소리'는 엄마의 목소리를 가슴에 담아두려고 안간힘을 썼다. 그러나 눈에서는 눈물이 줄줄 흘러내리고 있었다.

엄마가 '소리'의 얼굴을 쓰다듬었다.

"울지 마, 소리야. 울지 마……."

그러나 엄마의 눈에서도 눈물이 끊임없이 흘러내리고 있었다.

'소리'는 애써 눈물을 참으며 뒤로 돌아섰다.

"엄마, 사신님, 꿈꾸는 눈, 그리고 하늘 닭, 〈비오〉 모두 모두 안녕……."

'소리'는 녹색 문 앞으로 걸어갔다. 다시 한 번 뒤를 돌아보고 싶었지만 '소리'는 주먹을 꽉 쥐고, 입술을 꽉 깨물고, 뒤를 돌아보지 않았다. 그리고 녹색 문을 조심스럽게 열었다.

회오리바람이 불고 있었다. '소리'는 그 바람 속으로 힘차게 걸음을 내디뎠다. 예전의 그 소용돌이 속으로.

녹색 문이 뒤에서 천천히 닫히고 있었다.